致力于中国人的教育改革与文化重建

图书在版编目(CIP)数据

雍正自修录:悦心集 /(清)雍正辑;袁鹏点校.
—北京:九州出版社,2019.5

ISBN 978-7-5108-8066-7

Ⅰ.①雍… Ⅱ.①雍… ②袁… Ⅲ.①古典诗歌—诗集—中国—清代 ②古典散文—散文集—中国—清代
Ⅳ.①I214.92

中国版本图书馆CIP数据核字(2019)第091800号

雍正自修录:悦心集

作　　者　(清)雍正　辑
出版发行　九州出版社
地　　址　北京市西城区阜外大街甲35号(100037)
发行电话　(010)68992190/3/5/6
网　　址　www.jiuzhoupress.com
电子信箱　jiuzhou@jiuzhoupress.com
印　　刷　北京华创印务有限公司
开　　本　787毫米×1092毫米　1/16
印　　张　14.75
字　　数　103千字
版　　次　2019年5月第1版
印　　次　2019年5月第1次印刷
书　　号　ISBN 978-7-5108-8066-7
定　　价　58.00元

雍正自修录

悦心集

雍正皇帝登基前的自修实录

（清）雍正 辑

九州出版社
JIUZHOUPRESS

编者说明

《悦心集》为雍正登基前亲自选辑的一本案头书。当时康熙末年，皇子们处心积虑地争夺储位，此时的他偏偏淡泊恬静，乐天养和，于披阅经史之余，采录佳章好句。正如他在本书序言中写道:“朕生平淡泊为怀，恬静自好，乐天知命，随境养和。前居藩邸时，虽身处繁华，而寤寐之中自觉清远闲旷，超然尘俗之外。然不好放逸身心，披阅经史之余，旁及百家小集。其有寄兴萧闲、寓怀超脱者，佳章好句散见简编。”

向往着恬淡、宁静生活的雍正，坐上皇位以后，他并没有因为向往田园而来于国家不顾，反而晨兢夕厉、日理万机，后人收集他批过的奏折，在位十三年，有三百六十卷，无愧自诩“以勤先天下”。

有这么一本书在旁，仿佛红尘世界的一隅桃源，闲来翻书，只有单纯的美好，像春天的百花、夏天的凉风、山林的鸟鸣、当空的皓月，以此来涵养我们的内心，这并不是逃避世事，追求出世，反而是以恬淡来平和自己的内心，来更好地面对世俗的事物。雍正自己也在序言中引了永嘉禅师的话："未识道而先居山者，但见其山不见其道。未居山而先识道者，但见其道必忘其山。见道忘山者，人间亦寂也。见山忘道者，山中乃喧也。"由此可见，追求恬淡并非为了出世，反而是为了更好地入世。

本次出版，重新拟定书名为《雍正自修录》，以清光绪二十五年广雅书局刊印的《悦心集》为底本，在其基础上，重新进行点校整理并修改讹误。为了更方便广大读者阅读，将原本中的异体字统改为简体字，如"牕"均为"窗"，"邨"均为"村"，"菸"均为"烟"等。在繁简转换中，对作者名字进行了保留，如"文徵明"不做"文征明"。为了更符合现代的阅读习惯及标点符号的规范，也进行了重新标点，如《桃花源记》中原文为"有良田美池桑竹之属"，现做"有良田、美池、桑、竹之属"等。

御製悅心集序

朕生平澹泊為懷。恬靜自好。樂天知命。隨境養和。前居藩邸時。雖身處繁華。而寤寐之中。自覺清遠閒曠。超於塵俗之外。並不好放逸身心。披閱經史之餘。旁及百家小集。其有寄興蕭閒。寓懷超脫者。佳章好句。散見簡編。或如皓月當空。

或如涼風解暑。或如時花豔眼。或如好鳥鳴林。或如泉響空山。或如鐘清午夜。均足以消除結滯。浣滌煩囂。令人心曠神怡。天機暢適。因隨意採錄若干則。置諸几案間。以備觀覽。自總理萬幾以來。宵旰不遑。求如曩時之怡情悅目。不可復得。然寧靜之宰。亦因物動。恬澹之致。

豈為境移。此乃可以自修者。爰取向所採錄。彙為一書。名之曰悅心集。夫心者。人之神明。所以為萬化之源。萬事之本。而勞之則苦。擾之則煩。蔽之則昏。窒之則滯。故聖賢有存心洗心之明訓。佛祖有明心安心之微言。無非涵養一心之沖虛靈妙。使無所累。與天地太和元氣。

渾然流行。無入而不自得也。如孔门之春風沂水。仙家之吸露餐霞。如來之慧雨香花。以及先儒之霽月光風。天根月窟。其理同。其旨趣何弗同耶。是編所錄。有莊語。有逸語。有清語。有趣語。有淺近語。不名一體。人有仕。有隱。有儒。有釋。高名。有無名。亦不專一家。總之戒貪祛

妄屏慮釋思。寄清淨心。遊觀之地。言適

於遠辭簡味長。俯仰之間。隨時可會。然

而喧寂在境。而不喧不寂者自在心。往

往跡寄清廓之鄉。而神思縈擾身處

塵氛之地。而志氣安靜。則見道來見道

之分也。昔朗禪師以書招永嘉禪師山

居。師答回。未識道而先居山者。但見其

山不見世道。來居山而先後道者。但見其幽邃之至山。見道忘山者。人間之寂也。見山忘道者。山中乃喧也。旨哉斯言。知此義者。始可與讀悅心集。

雍正四年丙午三月初三日御筆

目录

悦心集　卷一

悦心集　卷二

悦心集　卷三

悦心集　卷四

悦心集　卷五

御制悦心集序

朕生平淡泊为怀，恬静自好，乐天知命，随境养和。前居藩邸时，虽身处繁华，而寤寐之中，自觉清远闲旷，超然尘俗之外。然不好放逸身心，披阅经史之余，旁及百家小集。其有寄兴萧闲，寓怀超脱者，佳章好句，散见简编。或如皓月当空，或如凉风解暑，或如时花照眼，或如好鸟鸣林，或如泉响空山，或如钟清午夜，均足以消除结滞，涜涤烦嚣，令人心旷神怡，天机畅适。因随意采录若干则，置诸几案间，以备观览。

自总理万机以来，宵旰不遑，求如曩时之怡情悦目，不可复得。然宁静之宰，不因物动，恬淡之致，岂为境移？此乃可以自信者。爰取向所采录，汇为一书，名之曰《悦心集》。

夫心者，人之神明，所以为万化之源，万事之本。而劳之则苦，扰之则烦，蔽之则昏，窒之则滞。故圣贤有存心、洗心之明训，佛祖有明心、寂心之微言。无非涵养一心之冲虚灵妙，使无所累，与天地太和元气浑然流行，无入而不自得也。如孔门之春风沂水，仙家之吸露餐霞，如来之慧雨香花，以及先儒之霁月光风、天根月窟，其理同，其旨趣何弗同耶？

是编所录，有庄语，有逸语，有清语，有趣语，有浅近语，不名一体。人有仕，有隐，有儒，有释，有高名，有无名，亦不专一家。总之，戒贪祛妄，屏虑释思，寄清净心，游欢喜地，言近指远，辞简味长，俯仰之间，随时可会。然而喧寂在境，而不喧不寂者自在心。往往迹寄清廓之乡，而神思萦扰；身处尘氛之地，而志气安舒，则见道未见道之分也。

昔朗禅师以书招永嘉禅师山居，师答曰："未识道而先居山者，但见其山，不见其道。未居山而先识道者，但见其道，必忘其山。见道忘山者，人间亦寂也。见山忘道者，山中乃喧也。"旨哉斯言！知此义者，始可与读《悦心集》。

雍正四年丙午三月初三日御笔

悦心集　卷一

乐志论

仲长统

使居有良田广宅，背山临流，沟池环匝，竹木周布，场圃筑前，果园树后。舟车足以代步涉之难，使令足以息四体之役。养亲有兼珍之膳，妻孥无苦身之劳。良朋萃止，则陈酒肴以娱之。嘉时吉日，则烹羔豚以奉之。踌躇畦苑，游戏平林。濯清水，追凉风，钓游鲤，弋高鸿。风于舞雩之下，咏归高堂之上。安神闺房，思老氏之元虚。呼吸精神，求至人之仿佛。与达者数子，论道讲书。俯仰二仪，错综人物。弹南风之雅操，发清商之妙曲。逍遥一世之上，睥睨天地之间。不受当时之责，永保性命之期。如此则可以凌霄汉，出宇宙之外矣！岂羡夫入帝王之门哉！

仲长统，字公理，东汉末山阳高平人。少好学，善文辞。

录汉书疏广传（一则）

广既归乡里，日令家共具设酒食，请族人故旧宾客，与相娱乐。数问其家金余尚有几？趣卖以共具。居岁余，子孙窃谓其昆弟老人广所爱信者，劝说君宜买田宅。广曰：“我岂老悖不念子孙哉！顾自有旧田庐，令子孙勤力其中，足以共衣食。今复增益之以为赢余，但教子孙怠惰耳！‘贤而多财则损其志，愚而多财则益其过。’且夫富者，众之怨也。吾既亡以教化子孙，不欲益其过而生怨。又此金者，圣主所以惠养老臣也。故乐与乡党宗族共飨其赐，以尽吾余日，不亦可乎！”

按《汉书》：疏广，字仲翁，东海兰陵人也。汉地节中为太子太傅，兄子受为少傅，朝廷以为荣。广谓受曰：“吾闻‘知足不辱，知止不殆，功遂身退，天之道也’。”遂上疏乞归，许之。赐黄金二十，既归乡里云云。

归去来辞

陶　潜

归去来兮！田园将芜胡不归？既自以心为形役，奚惆怅而独悲！悟已往之不谏，知来者之可追；实迷途其未远，觉今是而昨非。

舟摇摇以轻飏，风飘飘而吹衣。问征夫以前路，恨晨光之熹微。乃瞻衡宇，载欣载奔。僮仆欢迎，稚子候门。三径就荒，松菊犹存。携幼入室，有酒盈樽。引壶觞以自酌，眄庭柯以怡颜。倚南窗以寄傲，审容膝之易安。园日涉以成趣，门虽设而常关。策扶老以流憩，时矫首而遐观。云无心以出岫，鸟倦飞而知还。景翳翳以将入，抚孤松而盘桓。

归去来兮！请息交以绝游。世与我而相遗，复驾言兮焉求？悦亲戚之情话，乐琴书以消忧。农人告予以春及，将有事于西畴。或命巾车，或棹孤舟。既窈窕以寻壑，亦崎岖而经邱。木欣欣以向荣，泉涓涓而始流。羡万物之得时，感吾生之行休。

已矣乎！寓形宇内复几时？曷不委心任去留。胡为遑遑欲何之？富贵非吾愿，帝乡不可期。怀良辰以孤往，或植杖而耘耔。登东皋以舒啸，临清流而赋诗。聊乘化以归尽，乐夫天命复奚疑！

陶潜，字渊明，或云字元亮。晋大司马侃曾孙，浔阳柴桑人也。宅边有五柳树，因以为号。著《五柳先生传》以自况，尝为彭泽令，屈于上官，曰："吾不能为五斗米折腰。"遂解组归。赋《归去来辞》。

桃花源记

陶 潜

晋太元中，武陵人，捕鱼为业。缘溪行，忘路之远近。忽逢桃花林，夹岸数百步，中无杂树，芳草鲜美，落英缤纷，渔人甚异之。复前行，欲穷其林。

林尽水源，便得一山。山有小口，仿佛若有光，便舍船，从口入。初极狭，才通人；复行数十步，豁然开朗。土地平旷，屋舍俨然，有良田、美池、桑、竹之属，阡陌交通，鸡犬相闻。其中往来种作，男女衣着，悉如外人。黄发垂髫，并怡然自乐。

见渔人，乃大惊。问所从来，具答之。便要还家，设酒杀鸡作食。村中闻有此人，咸来问讯。自云："先世避秦时乱，率妻子邑人来此绝境，不复出焉，遂与外人间隔。"问："今是何世？"乃不知有汉，无论魏晋。此人一一为具言所闻，皆叹惋。余人各复延至其家，皆出酒食。停数日，辞去。此中人语云："不足为外人道也。"

既出，得其船，便扶向路，处处志之。及郡下，诣太守，说如此。太守即遣人随其往，寻向所志。遂迷，不复得路。南阳刘子骥，高尚士也，闻之，欣然规往，未果，寻病终（此句原本无，依《陶渊明集》补），后遂无问津者。

答 人

陶弘景

山中何所有，岭上多白云。
只可自怡悦，不堪持赠君。

陶弘景，字通明，丹阳秣陵人。博学，好养生，仕齐为奉朝请，挂冠隐居茅山。性爱山水，每经涧谷，必吟咏盘桓。梁武帝既早与之游，及即位，以手敕诏之，不出。然国家每有大事，必先谘之，时谓山中宰相。年逾八十，而有壮容。

与顾章书

吴　均

仆去月谢病（谢病原作高尚），还觅薜萝。梅溪之西，有石门山者，森壁陵霞，峭峰限日，幽岫含云，深溪蓄翠，蝉吟鹤唳，水响猿鸣，英英相杂，绵绵成韵。既素重幽居，遂葺宇其上。幸富菊花，偏饶竹实。山谷所资，于斯已办。仁智所乐，岂徒语哉！

吴均，字叔庠，吴兴人。梁奉朝请。

言志书

萧大圜

北山之北，南山之南，面修原而带流水，倚郊甸而枕平皋。筑蜗舍于丛林，构环堵于幽薄。近瞻烟雾，远睇风云。借纤草以荫长松，结幽兰而援芳桂。仰翔禽于百仞，俯泳鳞于千寻。果树在后，开窗以临花草；蔬圃居前，坐檐而看灌畛。二顷以供饘粥，十亩以给丝麻。侍儿五三，可充纴织。家僮数四，足代耕耘。沽酪牧羊，协潘生之志；畜鸡种黍，应庄叟之言。获菽寻汜氏之书，露葵征尹君之录。烹羔豚而介春酒，迎伏腊而俟岁时。披良书，探至赜。可以娱神，可以散虑。有朋自远，扬搉古今。田畯相过，剧谈稼穑，斯亦足矣！

萧大圜，字仁显，兰陵人，隋开府仪同三司。

答冯子华书

王　绩

吾河渚间有先世田十五六顷，结构茅屋并厨厩，总十余间，奴婢数人，足以应役。用天之道，分地之利，耕耘蔗蓘黍秫而已。多养凫雁，广牧鸡豚。黄精白术，枸杞薯蓣，朝夕采掇，以供服饵。床头素书数帙，《庄》《老》及《易》而已。每遇天气晴朗，咏谢康乐诗，渺然尽陂泽山林之思，觉瀛洲方丈森然在目前。或时与舟子渔人方潭并钓，俯仰极乐，戴星而归。歌咏以会意为工，不必与悠悠闲人相倡和也。烟霞山水，性之所适。暮春三月，登于北山，松柏群吟，藤萝翳景，意甚乐之。赏洽兴阑，还归河渚。蓬室瓮牖，弹琴诵书，优哉！游哉！聊以永岁，足下谓何如也？

王绩，字无功，文中子之弟。

摄生咏

孙思邈

怒甚偏伤气，思多太损神。
神虚心易役，气弱病相侵。
勿使悲欢极，当令饮食均。
再三防夜醉，第一戒晨嗔。
夜寝鸣雷鼓（谓叩齿），
晨兴漱玉津（谓咽唾）。
妖神难犯已，精气自全身。
若要无百病，常当节五辛。
安神宜悦乐，惜气保和纯。
寿夭休言命，修行本在人。
时时遵此理，平地可朝真。

孙真人思邈，京兆华源人。隐太白山，通百家、阴阳、推步、医药。隋文帝以国子博士召，不就。唐太宗召诣京师，欲官之，不受。高宗上元初还山。

游溫湖山寺诗

张　说

空山寂历道心生，虚谷迢遥野鸟声。
禅室从来云外赏，香台岂是世中情。
云间东岭千重出，树里南湖一片明。
若使巢由同此意，不将萝薜易簪缨。

张说，字道济，一字说之，洛阳人。武后策贤良方正，说对第一，擢凤阁舍人，旋谪钦州。中宗召还，累迁兵部侍郎。睿宗朝为中书侍郎。开元初，进中书令。封燕国公，谥文贞。朝廷大述作多出其手，与许公苏颋齐名，号燕许大手笔。

冰壶诫

姚　崇

玉本无瑕，冰亦至洁。方员相映，表里皆澈。喻彼贞廉，能守其节。吴隐酌泉，庞恭致水。虽清畏人知，而所知远矣！告尔在位，禄厚官尊，固当耸廉勤之节，塞贪竞之门。冰壶是对，炯戒犹存。以此清白，遗其子孙。

姚崇，字元之。陕州人，唐同平章事。

山中与裴迪书

王　维

近腊月下，景气和畅，旧山殊可。过憩感配寺，与山僧饭讫而去。北渡灞川，清月映郭。夜登华子冈，辋水沦涟，与月上下。寒山远火，明灭林外。村墟夜舂，复与疏钟相间。此时独坐，僮仆静默，多思曩昔携手赋诗，步仄径，临清流也。当待草木蔓发，春山可望，轻鲦出水，白鸥矫翼，露湿青皋，麦陇朝雊，斯去不远。倘能从我游乎？非子天机清妙，岂能以此相邀，然是中有深趣矣！

王维，字摩诘。唐天宝间人，官尚书右丞，工画。

春日行

张　籍

春日融融池上暖，竹牙出土兰心短。
草堂晨起香薰人，家僮报我园花满。
头上皮冠未曾整，直入花间不循径。
树树殷勤尽绕行，攀枝未遍春月生。
不用积金高至天，不用服药求神仙。
但愿园里花长好，一生无事花前老。

张籍，字文昌。吴人，唐国子司业。

九曲词

高　适

万骑争歌杨柳春，千场对舞绣麒麟。
到处尽逢欢洽事，相看俱是太平人。

高适，字达夫。唐刑部侍郎散骑常侍，封渤海县侯。

画　松

景　云

画松一似真松树，且待寻思记得无。
曾在天台山一见，石桥南畔第三株。

景云，唐时僧。与岑参同时。

平都观记

段文昌

平都山最高顶，即汉时王、阴二真人修道之所也。峭壁千仞，下临湍波，老柏万株，上插峰岭。琼花彩羽，皆非图志中所载者。昏旦万状，信非人境。贞元十五年，西游岷蜀。停舟江岸，振衣虔洁，诣诸洞所。石岩云窦，苍然相次；苔龛古书，依稀可辨。时与道侣数人坐于下，须臾，天籁不起，万窍风息。山光耀于耳目，烟霞拂于襟袖。相顾神竦，若在紫府县圃矣！

段文昌，字墨卿，唐西川节度使。

池上篇

白居易

十亩之宅，五亩之园。有水一池，有竹千竿。勿谓土狭，勿谓地偏。足以容膝，足以息肩。有堂有庭，有桥有船。有书有酒，有歌有弦。有叟在中，白须飘然。识分知足，外无求焉！如鸟择木，姑务巢安。如鱼居沼，不知海宽。仙鹤怪石，紫菱白莲。皆吾所好，尽在吾前。时饮一杯，或吟一篇。妻孥熙熙，鸡犬闲闲。优哉游哉！吾将终老乎其间。

白居易，字乐天，下邽人。唐贞元中进士。元和初，对制策入等。历事穆宗、文宗，官至刑部尚书。谥曰文。自号醉吟先生，亦称香山居士。诗与元微之齐名，时号元白体。

冷泉亭记

白居易

东南山水，余杭郡为最。就郡言，灵隐寺为尤。由寺观，冷泉亭为甲。亭在山下水中央，寺西南隅，高不倍寻，广不累丈，而撮奇得要，地搜胜概，物无遁形。春之日，吾爱其草薰薰，木欣欣，可以导和纳粹，畅人血气。夏之夜，吾爱其泉渟渟，风泠泠，可以蠲烦析酲，起人心情。山树为盖，岩石为屏。云从洞生，水与阶平。坐而玩之者，可濯足于床下。卧而狎之者，可垂钓于枕上。矧又潺湲洁澈，粹冷柔滑。若俗士，若道人，眼耳之尘，心舌之垢，不待盥涤，见辄除去。潜利阴益，可胜言哉！斯所以最余杭而甲灵隐也。

杭自郡城抵西封，丛山复湖，易为形胜。先是领郡者，有相里尹造作虚白亭，有韩仆射皋作候仙亭，有裴庶子棠棣作观风亭，有卢给事元辅作建山亭，及右司郎中河南元藇最后作此亭。于是五亭相望，如指之列，可谓佳境殚矣！能事毕矣！后来者虽有敏心巧目，无所加焉！故吾继之，述而不作。

郡中西园

白居易

闲园多芳草，春夏香靡靡。
深树足佳禽，旦暮鸣不已。
院门闭松竹，庭径穿兰芷。
爱彼池上桥，独来聊徙倚。
鱼依藻长乐，鸥见人暂起。
有时舟随风，尽日莲照水。
谁知郡府内，景物闲如此。
始悟喧静缘，何尝系远迩。

燕诗示刘叟

白居易

叟有爱子，背叟逃去，叟甚悲念之。叟少年时亦尝如此，故作燕诗以谕之。

梁上有双燕，翩翩雄与雌。御泥两椽间，一巢生四儿。
四儿日夜长，索食声孜孜。青虫不易捕，黄口无饱期。
嘴爪虽欲弊，心力不知疲。须臾千往来，犹恐巢中饥。
辛勤三十日，母瘦雏渐肥。喃喃教言语，一一刷毛衣。
一日羽翼成，引上庭树枝。举翅不回顾，随风四散飞。
雌雄空中鸣，声尽呼不归。却入空巢里，啁啾终夜悲。
燕燕尔勿悲，尔当返自思。思尔为雏日，高飞背母时。
当时父母念，今日尔应知。

对酒（二首）

白居易

蜗牛角上争何事，石火光中寄此身。
随富随贫且随喜，不开口笑是痴人。

百岁无多时壮健，一春能有几天晴。
相逢且莫推辞醉，唱彻阳关第四声。

负冬日

白居易

杲杲冬日出，照我屋南隅。
负暄闭目坐，和气生肌肤。
初似饮醇醪，又如蛰者苏。
外融百骸畅，中适一念无。
旷然忘所在，心与虚空俱。

盘铭石

白居易

客从山来，遗我盘石。圆平腻滑，广袤六尺。质凝白云，文拆烟碧。莓苔有斑，麋鹿无迹。

制之竹下，风扫露滴。坐待禅僧，眠留野客。清冷可爱，支体甚适。便是白家，夏天床席。

悯　农

李　绅

锄禾日当午，汗滴禾下土。
谁知盘中餐，粒粒皆辛苦。

李绅，字公垂，无锡人。唐武宗时检校右仆射平章事，封赵郡公。

答白居易

释道林

元和中，白居易出守杭州，入山礼谒，问如何是佛法大意？师曰：“诸恶莫作，众善奉行。”白曰：“三岁孩儿也解恁么道。”师曰：“三岁孩儿道得，八十老人行不得。”

道林，唐时僧，号鸟窠禅师。

陋室铭

刘禹锡

山不在高，有仙则名。水不在深，有龙则灵。斯是陋室，惟吾德馨。苔痕上阶绿，草色入帘青。谈笑有鸿儒，往来无白丁。可以调素琴，阅金经。无丝竹之乱耳，无案牍之劳形。南阳诸葛庐，西蜀子云亭。孔子云：“何陋之有。”

刘禹锡，字梦得，彭城人。贞元九年擢进士第，登博学宏词科。从事淮南幕府，入为监察御史。以王叔文党贬朗州司马。居十年，召还。复出刺播州。裴度以母老为言，改连州。再征复黜，度仍荐为礼部郎中、集贤直学士。白居易尝称“其诗在处，有神物护持”，为名流所推重。会昌时，加检校礼部尚书。

郊居即事

司空曙

钓罢归来不系船，江村月落正堪眠。
纵然一夜风吹去，只在芦花浅水边。

司空曙，字文明（一作初），广平人。登进士第，从韦皋于剑南，贞元中为水部郎中，调虞部郎中。诗格清华，为大历十才子之一。

咏走马灯诗

僧无际

团团游了又来游，无个明人指路头。
除却心中三昧火，枪刀人马一齐休。

无际石头希迁禅师，端州高要陈氏子，唐贞元中人。落发于曹溪，得法于青原，住南岳寺。

寻张逸人山居

刘长卿

危石才通鸟道，空山更有人家。
桃源定在何处，涧水浮来落花。

刘长卿，唐大历间人。工诗，时称“五言长城”。

垂训诗

元　真

行藏虚实自家知，祸福因由更问谁。
善恶到头终有报，只争来早与来迟。
闲中检点平生事，静坐思量日所为。
常把一心行正道，自然天地不相亏。

元真，洪州上蓝令超禅师，唐大顺中人，住瑞州上蓝山。

传心偈

裴　休

心不可传，以契为传。心不可见，以无为见。
契亦无契，无亦无无。化城不住，述额有珠。
珠是强名，城岂有形？即心即佛，佛即无生。
直下便是，勿求勿营。使佛觅佛，倍费功程。
随法生解，即落魔界。凡圣不分，乃离见闻。

无心似镜，与物无竞。无念似空，无物不容。

三乘外法，历劫希逢。若能如是，是出世雄。

裴休，字公美，相唐宣宗，得法黄檗禅师。

水中睹影口占

释良价

切莫从他觅，迢迢与我疏。我今独自往，处处得逢伊。

渠今正是我，我今不是渠。应须恁么会，方得契如如。

良价，唐咸通时会稽人。姓俞氏，得法云岩，住洞山。

六　言

吕　岩

春暖群花半开，逍遥石上徘徊。

逢人莫话他事，笑指白云去来。

吕岩，字洞宾，河中人。唐咸通中遇钟离权得道。

牧　童

吕　岩

草铺横野六七里，笛弄晚风三四声。
归来饱饭黄昏后，不脱蓑衣卧月明。

苏幕遮

吕　岩

天至高，地至大，惟有真心，物物俱含载。
不用之时全体在，用即拈来，万象周世界。
虚无中，尘色内，尽是还丹，历历堪收采。
这个鼎炉解不解，养就灵乌，飞出光明海。

浪淘沙

吕　岩

我有屋三椽，住在灵源，无遮四壁任萧然。
万象森罗为斗拱，瓦盖青天。
无漏得多年，结就因缘，修成功行满三千。
调得火龙伏得虎，陆路神仙。

绝　句

吕　岩

天涯海角人求我，行到天涯不见人。
忠孝义慈行方便，不须求我自然真。
莫道幽人一事无，闲中尽有静工夫。
闭门清昼读书罢，扫地焚香到日晡。

中秋对月

曹　松

无云世界秋三五，共看蟾盘上海涯。
直到天头天尽处，不曾私照一人家。

曹松，字梦徵，舒州人。唐秘书省正字。

十五夜望月

王　建

中庭地白树栖鸦，冷露无声湿桂花。
今夜月明人尽望，不知秋思在谁家。

王建，字仲初，颍川人。大历十年进士，工乐府，与张籍齐名，宫词百首尤传诵人口。

天台山桐柏观序

崔　尚

桐柏山高万八千丈，周旋八百里。其山八重，四面如一。中有洞天，号金庭宫，即王子晋之所处也。景云中作桐柏观，高居群峰之上，俯临千仞之余。连山峨峨，四野皆碧。茂树郁郁，四时恒青。大岩之前，横岭之上，双峰如阙，中天豁开。长涧南泻，诸泉合漱。一道瀑布，百丈洒流。望之雪霏，听之风起。石梁翠屏可倚，琪树珠条可攀。仙花仙草，春秋互发，清鸟清猿，东西合响，信足赏也。

崔尚，唐代人，爵里莫考。

题文川村居

滕　白

种茶岩接红霞坞，灌稻泉生白石根。
皤腹老翁眉似雪，海棠花下戏儿孙。

滕白，唐工部郎中，字无考。

答人诗

太上隐者

偶来松树下，高枕石头眠。
山中无历日，寒尽不知年。

按《古今诗话》云："太上隐者，人莫知其本末，好事者从问其姓名，不答，留诗一绝云。"

山中僧

陆龟蒙

手关一室翠微里，日暮白云楼半间。
白云朝出天际去，若比老僧犹未闲。

陆龟蒙，字鲁望，苏州人，唐光化中赠右补阙。

题岩诗（录四首）

寒　山

二仪既开辟，人乃居其中。
迷汝即吐雾，醒汝即吹风。
惜汝即富贵，夺汝即贫穷。
碌碌群汉子，万事由天公。

吾心似秋月，碧潭清皎洁。
无物堪比伦，教我如何说。

闲游华顶上，天朗月光辉。
四顾晴空里，白云同鹤飞。

众星罗列夜深明，岩点孤烛月未沉。
圆满光华不磨莹，挂在青天是我心。

寒山，唐天台山僧。丰干云：“寒山，文殊也。”

题壁诗（录三首）

拾　得

从来是拾得，不是偶然称。
别无亲眷属，寒山是我兄。
两人心相似，谁能徇俗情。
若问年多少，黄河几度清。

无去无来本湛然，不居内外及中间。
一颗水精绝瑕翳，光明透满出人天。

若见月光明，照烛四天下。

圆晖挂太虚，莹净能潇洒。

人道有亏盈，我见无衰谢。

状如摩尼珠，光明无昼夜。

拾得与寒山同时。丰干云：“拾得，普贤也。”

法　语

释令遵

出家人须会佛意始得。若会佛意，不在僧俗、男女、贵贱，但随家丰俭，安乐便得。

令遵，唐诗僧。

南山曲

冯延己

铜壶久滴宵漏，高阁初鸣曙钟。
催启五门金锁，犹垂三殿帘栊。
阶前御柳摇绿，仗下宫花散红。
鸳瓦千行晓日，鸾旗百尺春风。
侍臣舞蹈重拜，圣寿南山永同。

冯延己，字正中，彭城人，南唐中书侍郎。

小重山

和　凝

春满神京万木芳，莺语滑，蝶飞忙，晓花擎露湿霞浆。
红日永，风和百花香。
烟锁柳丝长，御沟澄碧水，转池塘，时时微雨洗风光。
天衢远，到处引笙簧。

和凝，字成绩，郓州人，晋天福中同平章事。

春光好

欧阳炯

天初暖，日初长，好风光，
万类此时皆得意，竞芬芳。
笋迸苔钱嫩绿，花偎雪坞浓香。
谁把金丝裁剪却，挂朝阳。

欧阳炯，华阳人。孟昶时门下侍郎平章事，后从昶归宋。

锦缠道

宋　祁

燕子呢喃，景色乍长春昼。睹园林万花如绣，
海棠经雨胭脂透，柳展新条，翠拂行人首。
向郊原踏青，高吟携手。兴方赊，尚寻芳酒，
问牧童遥指孤村，道杏花深处，那里人家有。

宋祁，字子京，安陆人，宋翰林学士。

闲 仙

徐 积

先生坐时云满裳，先生卧时云满床。
白云终日自来去，若比先生云尚忙。

徐积，字仲车，宋初处士，性至孝，世号节孝先生。

答白云之句（二首）

徐 积

我是白云云是我，自知云我不须分。
时人若问山翁意，看取山头一片云。

朝共白云行，暮共白云归。
眠时云亦眠，以云为寝衣。
白云白云常在身，有时忽共白云分。
君看天外逍遥物，便是山翁身上云。

更漏子

晏 殊

雪藏梅，烟著柳，依约上春时候。

初送雁，欲闻莺，绿池波浪生。

探花开，留客醉，忆得去年情味。

金盏酒，玉炉香，任他红日长。

晏殊，字同叔，临川人，宋同平章事。

庭莎记

晏 殊

介清思堂中宴亭之间隙地，人迹罕践，有莎生焉。予思唐人赋咏间，多有种莎之说。且兹地宛在崇墣，车马不至，柔木嘉卉，难于丰茂，非是草也，无所宜焉！于是画修径外，悉为莎场。援之以丹槛，溉之以甘井。光风四泛，纤尘不惊。

夫万汇之多，万情之广，大含元气，细入无间，罔不禀和，罔不期适。措置有规，生成有术，兹一物也，从可知矣。偃藉吟讽，无施不谐，倘与我同好，庶几不翦也。

门　铭

吕夷简

古者盘盂几杖，规戒存焉！今为门铭，窃类于此。

忠以事君，孝以养亲。宽以容众，谨以修身。

清以轨俗，诚以教民。谦以处贵，乐以安贫。

勤以积学，静以澄神。敏以给用，直以全真。

约以奉己，广以施人。重以临下，恭以待宾。

贯之以道，总之以仁。在家为子，在邦为臣。

斯言必践，盛德聿新。勒铭于门，永代书绅。

吕夷简，字坦夫，宋仁宗时参知政事。

五不欺

黄　洽

予有五不欺：居家不欺亲；仕不欺君；仰不欺天；俯不欺人；幽不欺鬼神。

黄洽，字德思，侯官人。宋隆兴中登第，为御史中丞，累官资政殿直学士。素行质直端方，为时名臣，有奏议行于世。

省心录（五则）

林　逋

高不可欺者，天也。尊不可欺者，君也。内不可欺者，亲也。外不可欺者，人也。四者既不可欺，心其可欺乎！心不欺人，其欺己乎！

诚无悔，恕无怨，和无仇，忍无辱。

有过知悔者，不失为君子。知过遂非者，其小人欤！

以忠沽名者奸，以信沽名者诈，以廉沽名者贪，以洁沽名者污。忠信廉洁，立身之本，非钓名之具也。有一于此，乡愿之徒，又何足取哉！

心可逸，形不可不劳。道可乐，身不可不忧。形不劳则怠惰易弊，身不忧则荒废不立。故逸生于劳而常休，乐生于忧而无厌。是忧劳也，所以为逸乐欤！

林逋，字君复。宋杭州人，隐居自乐，赐号和靖。

省事吟

邵　雍

虑少梦自少，言稀过亦稀。
帘垂知日永，柳静觉风微。
但见花开谢，不闻人是非。
何须寻洞府，度岁也应迟。

邵雍，字尧夫，河南人。嘉祐中诏求遗逸，授将作监簿，复举逸士，补颍川团练推官，不赴。名其居曰“安乐窝”，自号安乐先生。元祐中，赐谥康节，有《击壤集》。

仁

邵　雍

自古大圣人，犹以为难事。
而况后世人，岂复便能至。
全之不胜难，得之至容易。
千人万人心，一人之心是。

何处是仙乡

邵　雍

何处是仙乡，仙乡不离房。
眼前无冗长，心下有清凉。
静处乾坤大，闲中日月长。
若能安得分，都胜别思量。

冬至（二首）

邵　雍

冬至子之半，天心无改移。
一阳初动处，万物未生时。
玄酒味方淡，太音声正希。
此言如不信，请更问庖牺。

何者谓之几，天根理极微。
今年初尽处，明日未来时。
此际易得意，其间难下辞。
人能知此意，何事不能知。

为善吟

邵　雍

人之为善事，善事分当为。
金石犹能动，鬼神何可欺。
事须安义命，言必道肝脾。
莫问身之外，人知与不知。

十分吟

邵　雍

所谓十分人，须有十分真。
非谓能写字，非谓能为文。
非谓眉目秀，非谓衣服新。
欲行人世上，直须问己身。

斯谓十分人，须有十分事。
事苟不十分，终是未完备。
事父尽其心，事君尽其意。
不须问他人，问己尽义未。

乐　乐

邵　雍

吾常好乐乐，所乐无害义。
乐天四时好，乐地百物备。
乐人有善行，乐己能乐事。
此数乐之外，惟乐常如是。

尧夫何所有

邵　雍

夫尧何所有，所得是天和。
夏住长河洞，冬居安乐窝。
莺花供静适，风月助吟哦。
窃料人间乐，无如我最多。

思山吟

邵　雍

只恐身闲心未闲，心闲何必住云山。
果然得手情性上，更肯埋头利害间。
动止未尝防忌讳，语言何复着机关。
不图为乐至于此，天马无踪自往还。

推诚吟

邵　雍

天虽不语人能语，心可欺时天可欺。
天人相去不相远，只在人心人不知。
人心先天天弗违，人身后天奉天时。
身心相去不相远，只在人诚人不推。

观易吟

邵　雍

一物具来有一身，一身还有一乾坤。
能知万物备于我，肯把三才别立根。
天向一中分体用，人于心上起经纶。
天人焉有两般义，道不虚行只在人。

安乐窝中自贻

邵　雍

物如善得终为美，事到巧图安有公。
不作风波于世上，自无冰炭到胸中。
灾殃秋叶霜前坠，富贵霜华雨后红。
进化分明人莫会，枯荣消得几何功。

仁者吟

邵　雍

仁者难逢思有常，平居慎勿恃无伤。
争先径路机关恶，近后语言滋味长。
爽口物多须作疾，快心事过必为殃。
与其病后能求药，不若病前能自防。

年老逢春

邵　雍

年老逢春雨乍晴，雨晴况复近清明。
天低当殿初长日，风暖园林未啭莺。
花似锦时高阁望，草如茵处小车行。
东风见赐何多也，又复人间久太平。

天听吟

邵　雍

天听寂无音，苍苍何处寻。
非高亦非远，都只在人心。

至诚吟

邵　雍

不多求故得，不杂学故明。
欲得心常明，无过用至诚。

清夜吟

邵　雍

月到天心处，风来水面时。
一般清意味，料得少人知。

身太平

邵　雍

人为万物灵，履地戴天生。
气静形安乐，心闲身太平。

安乐窝中

邵　雍

安乐窝中快活人，神香一炷祝高旻。

太平自庆何多也，惟愿君王寿万春。

四　喜

邵　雍

一喜长年为寿域，二喜丰年为乐国。

三喜清闲为福德，四喜安宁为福力。

太平吟

邵　雍

太平时世园亭内，丰稔岁年村落间。

情味一般难状处，风烟草木尽闲闲。

可必吟

邵　雍

可必人间唯善事，不由天地只由己。
更勉将来更有功，莫嫌效远因而止。

安乐吟

邵　雍

安乐先生，不显姓氏，垂三十年。居乐之涘，风月情怀，湖山气味。无贱无贫，无富无贵。无将无迎，无贪无忌。窘未尝忧，饮不至醉。收天下春，归之肝肺。盆池资吟，瓮牖荐睡。小车赏心，大笔快志。或戴接䍦，或着半臂。或坐林间，或行水际。乐见善人，乐闻善事。乐道善言，乐如善意。闻人之恶，若负芒刺；闻人之善，如佩兰蕙。三军莫凌，万钟莫致。为快活人，居安乐地。

瓮牖吟

邵　雍

有客无知，谁知自守。自守无他，惟求寡咎。
有屋数间，有田数亩。用盆为池，以瓮为牖。
墙高于肩，室大于斗。布被暖余，藜羹饱后。
气吐胸中，充塞宇宙。笔落人间，晖映琼玖。
人能知止，以退为茂。我自不出，何退之有。
心无妄思，足无妄走。人无妄交，物无妄受。
炎炎论之，甘处其陋。绰绰言之，无出其右。
羲轩之书，未尝去手。尧舜之谈，未尝虚口。
当中和天，同乐易友。吟自在诗，饮欢喜酒。
百年升平，不为不偶。七十康强，不为不寿。

无妄吟

邵　雍

耳无妄听，目无妄顾。
口无妄言，心无妄虑。
四者不妄，圣贤之具。
予何人哉，敢不希慕！

尧夫饮酒吟

邵　雍

父慈子孝，兄友弟恭。
家给人足，时和年丰。
筋骸康健，里闬过从。
尧夫饮酒，其乐无穷。

招友为真率会

司马光

真率春来频宴聚，不过东里即西家。
小园容易邀嘉客，馔具虽无亦有花。

司马光，字君实，宋元祐宰相，从祀孔庙。

酬华严真师

司马光

知足随缘处处安，一身温饱不为难。
禅房窄小才容榻，此外从他世界宽。

素发青眸七十余，未尝游学只安居。
旁无几杖身轻健，应为心闲得自如。

乐

司马光

吾心自有乐，世俗岂能知。
颇似老莱子，多于荣启期。
缊袍宽称体，脱粟饱随宜。
乘兴辄独往，携筇任所之。

洛阳耆英会序

司马光

昔白乐天在洛，与高年者八人游，时人慕之，为九老图传于世。宋兴，洛中诸公继而为之者凡再矣！皆图形普明僧舍。普明，乐天之故第也。

元丰中，文潞公留守西都，韩国富公纳政在里第，自余士大夫以老自逸于洛者，于时为多。潞公谓韩公曰：“凡所为慕于乐天者，以其志趣高逸也，奚必数与地之袭焉！”一旦，悉集士大夫老而贤者于韩公之第，置酒相乐，宾主凡十有一人。既而图形妙觉僧舍，时人谓之洛阳耆英会。孔子曰：“好贤如缁衣，取其敝又改，为乐善无倦也。”

二公为国元老，入赞万机，出绥四方，熙百工，和万民，岂乐天所能庶几。然犹慕效乐天所为，汲汲如恐不及，岂非乐善无厌者与！

又洛中旧俗，燕私相聚，尚齿不尚官，自乐天之会已然。是日复行之，斯乃风化之本，可颂也。光未及七十，用狄监卢尹故事，亦预于会。潞公命光序其事，不敢辞。

独乐园记

司马光

熙宁四年，迂叟始如洛。六年买田二十亩于尊贤坊北隅，以为园。其中为堂，聚书五千卷，命之曰：读书堂。堂南有屋一区，引水北流，贯宇下。中央为沼，方深各三尺，疏水为五派，注沼中，状若虎爪。自北旋流出北阶，悬注庭下，状若象鼻。自是分为二渠，绕庭四隅。会西北而出，命之曰：弄水轩。

堂北为沼，中央有岛，岛上植树，围周三丈，状若玉玦揽结，其状如渔人之庐，命之曰：钓鱼庵。

沼北横屋六楹，厚其墉茨，以御烈日。开户东出，南北列轩牖以延凉飔，前后多植美竹，为清暑之所，命之曰：种竹斋。

沼东治地为百有二十畦，杂莳草药，辨其名物而揭之。畦北植竹，方径丈，状若棋局，屈其杪，交相掩以为屋。植竹于其前，夹道如步廊，皆以蔓药覆之，四周植木药为藩，援命之曰：采药圃。

圃南为六栏，芍药、牡丹、杂花，各居其二，每种止植两本，识其名状而已，不求多也。栏北为亭，命之曰：浇花亭。

洛城距山不远，而林薄茂密，常苦不得见，乃于园中筑台，作屋其上，以望万安轩辕至于太室，命之曰：见山台。

迂叟平昔多处堂中读书，时或投竿取鱼，执衽采药，决渠灌花，操斧剖竹。濯热盥手，临高纵目，逍遥徜徉，惟意所适。明月时至，清风自来，不知天壤间复有何乐可以代此也。因合而命之曰：独乐园。

嵩山寺法堂门壁

司马光

登山有道，徐行则不困，措足于实地则不危。

君子贵慎独

程　颐

凡人善恶，形于言，发于行，人始得而知之。但萌于心，起于虑，鬼神已得而知之，故君子贵于慎独。

程颐，字正叔，仕至通直郎，充崇政殿说书。叔子之学要本于诚，动静语默，一以圣人为师，学者称为伊川先生，追谥曰正，封伊阳伯。

悦心集　卷二

谢判官幽谷种花

欧阳修

浅深红白宜相间，先后仍须次第栽。
我欲四时携客去，莫教一日不花开。

欧阳修，字永叔，庐陵人，宋参知政事。

学书为乐

欧阳修

苏子美尝言：“明窗净几，笔砚纸墨，皆极精良，自是人生一乐。然能得此乐者甚稀，其不为外物移其好者又特稀也。”余颇知此趣，恨字体不工，不能到古人佳处。若以为乐，则自是有余。

归田录（一则）

欧阳修

王文正公曾为人方正持重，尝谓人臣不当收恩避怨，语尹师鲁曰："恩欲归己，怨使谁当？"闻者叹服，以为名言。

题临皋亭

苏　轼

东坡居士，睡足饭饱，倚于几上，白云左绕，清江右洄。重门洞开，林峦齐入。当是时，若有思而无所思，以受万物之备。

苏轼，字子瞻，一字和仲，自号东坡居士。眉山人，嘉祐二年，试礼部第一，复对制入三等，历官端明殿学士兼翰林侍读学士，礼部尚书。绍圣初，安置惠州，徙昌化，元符初北还。高宗即位，赠资政殿学士，再赠太师，谥文忠。

江郊（有序）

苏　轼

惠州归善县治之北数百步抵江，少西有盘石小潭，可以垂钓，作江郊诗云：

江郊葱茏，云水蒨绚。碕岸斗入，洄潭轮转。
先生悦之，布席闲燕。初日下照，潜鳞俯见。
意钓忘鱼，乐此竿线。优哉游哉，玩物之变。

述怀（调行香子）

苏　轼

清夜无尘，月色如银，酒斟时须满十分。浮名浮利，休苦劳神。似隙中驹，石中火，梦中身。

虽抱文章，开口谁亲？且陶陶乐取天真。几时归去，做个闲人。背一张琴，一壶酒，一溪云。

书黄鲁直李氏传后

苏 轼

心地不净，如饭中沙与饭皆熟。若不含糊，与饭俱咽，即须吐出，与沙俱弃。善哉！佛子作清净饭，淘米去沙，终不能尽。不如即用本所自种原无沙米，此米无沙，亦不受沙，非不受也，无受处故。

论 诗

苏 轼

司空表圣自论其诗，以为得味外味。“绿树连村暗，黄花入麦稀”，此句最善。又云：“棋声花院闭，幡影石坛高。”吾尝独游五老峰，入白鹤观。松阴满地，不见一人，惟闻棋声，然后知此句之工也。然恨其有寒俭态。若杜子美云：“暗飞萤自照，水宿鸟相呼。四更山吐月，残夜水明楼。”则材力富健，去表圣之流远矣。

鉴空阁

苏　轼

明月本自明，无心孰为境。挂空如冰鉴，写此山河影。我观大瀛海，巨浸与天永。九州居其间，无异龙盘镜。空水雨无质，相照但耿耿。妄云桂兔蟆，俗语皆可屏。

题西林壁

苏　轼

横看成岭侧成峰，远近高低各不同。
不识庐山真面目，只缘身在此山中。

赠东林总长老

苏　轼

溪声便是广长舌，山色岂非清净身。
夜来八万四千偈，他日如何举似人。

资福白长老小照赞

苏　轼

是是是，是资福，白老子，身如空。我如尔，无一事，长欢喜。

点绛唇（杭州）

苏　轼

闲倚交床，庾公楼外峰千朵。与谁同坐？明月清风我。
嘉客同来，有唱终须和。还知么？自从添个，风月平分破。

梅竹石赞

黄庭坚

梅寒而秀，竹清而寿，石古而文，是为三益之友。

黄庭坚，字鲁直，号山谷，宋国史编修。与张耒、晁补之、秦观，号苏门四学士。

书兰芳亭

黄庭坚

士之才德盖一国，则曰国士；兰之香盖一国，则曰国香。兰盖甚似乎君子，生于深山丛薄之中，不为无人而不芳。虽含香体洁，平居萧艾不殊，清风过之，其香蔼然。在室满室，在堂满堂，是所谓含章以时发者也。然兰蕙之才德不同概，林中十蕙而一兰也。兰蕙丛生，初不甚殊，至其发华，一干一华而香有余者兰。一干四五华而香不足者蕙。蕙虽不若兰，以凡卉视之，则无愧国香矣！

书赠韩琼秀才

黄庭坚

读书欲精不欲博，用心欲纯不欲杂。读书务博，常不尽意；用心不纯，讫无全功。治经之法，不独玩其文章，谈说义理而已。

一言一句，皆以养心冶性。事亲、从政、取友、接物、得失、忧乐，一考之于书，然后尝古人之糟粕而知味矣。

记居钟山

释惠洪

余居钟山最久，超然山水间，梦亦成趣。尝乘佳月登上方，深入定林，夜卧松下石上。四更自宝公塔路还合妙斋，月澄虚幌，净几兀然。童仆憩寝，再鼾。凭前槛，无所见。时有流莺穿户牖，风霜浩然，松声满院。作诗曰：

雨过东南月色清，意行深入碧萝层。

露眠不管牛羊践，我是钟山无事僧。

惠洪，宋代僧，与苏轼同时。

黄州竹楼记

王禹偁

黄冈之地多竹，大者如椽。竹工破之，刳去其节，用代陶瓦，比屋皆然，以其价廉而工省也。予城西北隅，雉堞圮毁，蓁莽荒秽，因作小楼二间，与月波楼通。远吞山光，平挹江濑，幽阒辽敻，不可具状。夏宜急雨，有瀑布声。冬宜密雪，有碎玉声。宜鼓琴，琴调和畅。宜咏诗，诗韵清绝。宜围棋，子声丁丁然。宜投壶，矢声铮铮然。皆竹楼之所助也。

公退之暇，被鹤氅衣，戴华阳巾，手执《周易》一卷，焚香默坐，消遣世虑。江山之外，第见风帆沙鸟，烟云竹树而已。待其酒力醒，茶烟歇，送夕阳，迎素月，亦谪居之胜概也。彼齐云落星，高则高矣！井干丽谯，华则华矣！止于贮伎乐，藏歌舞，非骚人之事，吾所不取。

吾闻竹工云：竹之为瓦，仅十稔。若重覆之，得二十稔。噫！吾以至道乙未岁自翰林出滁上，丙申移广陵，丁酉又入西掖，戊戌岁除日有齐安之命，己亥闰三月到郡。四年之间，奔走不暇，未知明年又在何处？岂惧竹楼之易朽乎！后之人与我同志，嗣而葺之，庶斯楼之不朽也！

王禹偁，字符之，宋翰林学士。

高斋

赵抃

轩外长溪溪外山，卷帘空旷水云间。
高斋有问如何乐，清夜安眠白昼闲。

赵抃，字阅道，衢州人，宋参知政事。

赏春亭

赵抃

紧葩丛艳满亭隈，当席芳樽坐看来。
始信春恩不私物，深山僻处亦花开。

秦州玩芳亭记

刘 攽

诗人比兴，皆以芳草嘉卉为君子美德。海陵郡城西偏多乔木，大者六七寻，杂花、桃李、山樱、丁香、椒椟数十种，萱菊、薜荔、莎芦、芭蕉丛植攒生。负城地尤良，宋氏居之。益种修竹、梅、杏、山茶、橙、梨，异方奇卉，往往而在。清池萦回，多菱莲、苹藻。于是筑室城隅，下临众卉。名曰：玩芳。夫乔木森耸，百岁之积也。众卉行列，十岁所植也。杂英纷揉，一岁之力也。俄而索之，皆不易得也。于是刻石亭右以记岁月云。

刘攽，字贡父，江西临江人。与苏轼同时，友善。

张无尽见雪窦教以惜福之说（二则）

僧显公

事不可做尽，势不可倚尽，言不可道尽，福不可享尽，凡事不尽处，意味偏长。

贪得者，身富而心贫，知足者，身贫而心富。积财可以避患，患亦生于多财。与其患生于积财，不若无财亦无患。

张商英，号无尽居士，宋元祐时人。早悟禅学，仕至江都转运使。与雪窦善，称其机锋颖脱。

喜迁莺

周邦彦

梅雨霁，暑风和，高柳咽蝉多。小园台榭绕池波，鱼戏动新荷。

薄纱幮，轻羽扇，枕冷簟凉深院。此时情绪此时天，无事小神仙。

周邦彦，字美成。钱塘人，宋徽猷阁待制。

南溪自咏

杨万里

江风索我吟，山月唤我饮。
醉倒落花前，天地为衾枕。

杨万里，字廷秀，吉水人。绍兴中进士，历秘书监，出江东转运副使。再召，皆辞。以宝谟阁学士致仕，谥文肃，自号诚斋。

敬恕斋铭

朱　熹

出门如宾，承事如祭，以是存之，敢有失坠；己所不欲，勿施于人，以是行之，与物皆春。内顺于家，外同于邦，无小无大，罔时怨恫，为仁之功。曰此其极，敬哉恕哉！永永无斁！

朱熹，徽州婺源人。字元晦，谥文。南宋理学家，理学的集大成者，被尊称为朱子。

敬斋铭

张　栻

天生斯人，良心则存。圣凡曷异，敬肆是分。自昔先民，修己以敬。克持其心，顺保常性。敬匪有加，惟主乎是。履薄临深，不昧厥理。事至理形，其应若响。而实卓然，不与俱往。动静不违，体用无忒。惟敬之功，协乎天德。勖尔君子，敬之敬之。用力之久，其惟自知。毋忽事物，必精吾思。察其所发，以会于微。是则天命，不遏于躬。鱼跃鸢飞，仁在其中。勖尔君子！勉哉敬止。成己成物，匪曰一致。我作铭诗，以证同志。

张栻，字敬夫。一字南轩，绵竹人，宋荆州牧。

与张伯信书

陆九渊

属者伏承使车临贲，侍座陪吟，日饱德义，慰喜可知。至如风露凄清，星河错落，月在林杪，泉鸣石间，薰炉前引，茶鼎后殿，方池为鉴，回溪为佩，冰玉明莹，雪霜腾跃，则喷玉新亭，真蓬壶瀛洲已。

陆九渊，字子静。宋知荆门州军事。称象山先生。

与邵叔谊书

陆九渊

叙述吾言处，尽失其实。此心苟得其正，听言发言皆得其正。听人之言而不得其正，乃其心之不正也。一人言之，众人听之，使众人各述其所听，则必不齐。非言者之异也，听者之异也。

与李信仲书

陆九渊

大抵为学不必追寻旧见。此心此理，昭然宇宙之间。诚能得其端绪，所谓“一日克己复礼，天下归仁焉”。又非畴昔意见所可比拟，此真吾所固有，非由外铄，正不必以旧见为固有也。

论语说

陆九渊

“苟志于仁矣，无恶也。”恶与过不同，恶可以遽免，过不可以遽免。贤如蘧伯玉，欲寡其过而未能。圣如夫子，犹曰“加我数年，五十以学易，可以无大过矣”！况于学者，岂可遽责其无过哉！至于邪恶所在，则君子之所甚疾，是不可毫发存而斯须犯者也。苟一旦而志于仁，斯无是矣！

本仁说

陆九渊

四方上下曰宇，往古来今曰宙。

宇宙便是吾心，吾心即是宇宙。

宇宙内事，是己分内事。

己分内事，是宇宙内事。

人心至灵，此理至明。

人皆有是心，心皆具是理。

论 琴

黄 斡

丝桐，世所常有也。抚之以指，则其声铿然矣。谓声为在丝桐耶？置丝桐而不抚之以指，则寂然而无声。谓声为在指耶？然非丝桐，指虽屡动，而不能以自鸣也。指自指也，丝桐自丝桐也，一搏拊而其声自应。人之此心和平仁厚，真与天地同意，则南风之奏，亦何异于舜之乐哉！

黄榦，字直卿，朱子高弟，称勉斋先生。

寄陆子静先生

朱济道

此理于人无间然，昏明何事异天渊。
自从断却闲牵引，俯仰周旋只事天。

朱济道，陆象山门人，爵里无考。

咏　春

杨　简

日日看山不厌山，白云吞吐翠微间。
静明光里无穷乐，只是教人下语难。

杨简，字敬仲。受业陆九渊之门人，称慈湖先生。

纪先训

杨　简

以实待人，非惟益人，益己尤大。

实心无所往而不可，盖实心一也。可以应天下之万端。

学者涵养有道，则气味和雅，言语闲静，临事而如无事。

范公泉

王辟之

皇祐中，范文正公镇青，兴龙僧舍，西南洋溪中有醴泉涌出，公构一亭泉上，刻石记之。其后青人思公之德，目之曰：范公泉。环泉古木蒙密，尘迹不到，去市廛才数百步，而如在深山中。日光玲珑，珍禽上下。高人雅士，往往赋诗鸣琴，烹茶其上，信物外之胜游也！

王辟之，宋代人，所著有《渑水燕谈》。

烟艇记

陆　游

陆子得屋二楹，隘而深，若小舟然，名之曰烟艇。客曰："异哉！屋之非舟，犹舟之非屋也。得其似而名之，因名以课实则过矣！"予少有江湖之思，烟波洲岛苍茫杳霭之趣，未尝一日忘也。假使衣食粗足，然后得一叶之舟，伐荻钓鱼，入松陵，上严濑，历石门沃洲而还泊于玉笥之下，扣舷吴歌，顾不乐欤！

虽然，万钟之粟与一叶之舟，皆外物也。吾知彼之不可求，而不能不眷眷于此。惟使吾胸中浩然廓然，纳日月之伟观，揽风云之奇态，虽坐容膝之室，而常若顺流放櫂，瞬息千里者，则安知此室非烟艇也哉！

陆游，字务观，山阴人。宋宝章阁待制，封渭南伯。

梅　花

陆　游

闻道梅花坼晓风，雪堆遍满四山中，
何方化作身千亿，一树梅花一放翁。

鹊桥仙

陆　游

一竿风月，一蓑烟雨，家在钓台西住。
卖鱼从不到城门，况肯向红尘深处。
潮生理棹，潮平系缆，潮落浩歌归去。
时人错把比严光，我自是无名渔父。

和豫快适

叶梦得

人欲常和豫快适，莫若使胸中秋毫无所歉。孟子言仰不愧天，俯不怍人，为一乐。此非身履之，无以知圣贤之言为不妄也。

叶梦得，字少蕴，吴县人。宋翰林学士。

无　伪

叶梦得

人之操行莫先于无伪。能不为伪，虽小善亦有可观。其积累之，必可成其大。苟出于伪，虽有甚善，不特久之终不能欺人，亦必有自怠而不能自掩者。

记赵抃逸事

叶梦得

赵清献公，每夜尝烧天香，必擎炉默告，若有所秘祝者。客有疑而问公。公曰：“无他，吾自少昼日所为，夜必裒敛奏知上帝。”已而复曰：“吾一夫区区之诚，安能必达，姑亦自防检，使不可奏者，知有所畏不敢为耳！”

论归田赋

叶梦得

张平子作《归田赋》，意兴虽萧散，然序所怀，乃在仰飞纤缴，俯瞰清流，落云间之逸禽，悬清渊之鲨鰡。吾谓钓弋亦何足为乐？人生天地间，要与万物各得其欲，不但适一己也。必残暴禽鱼以自快，此与驰骋弋猎何异？如陶渊明言：“携幼入室，有酒盈樽”，“悦亲戚之情话，乐琴书以消忧”，此真得事外之趣，读之能使人益然，觉其左右草木无情物，亦皆舒畅和豫。

插　秧

范成大

种密移疏绿毯平，行间清浅縠纹生。
谁知细细青青草，中有丰年击壤声。

范成大，字致能，吴郡人，宋资政殿学士。

梅　品

张　镃

梅花为天下奇品，而诗人尤所酷好。予得曹氏荒圃于南湖之滨，有古梅数十株，辍地十亩，移种成列，增取西湖北山别圃红梅，合三百余本，筑堂数间以临之。又夹以两室，东植千叶缃梅，西植红梅各一二十章。前为轩楹，花时居宿其中，环映辉洁，夜如对月，因名曰“玉照”。复开涧环绕，小舟往来。自是客有游者，必求观焉！值春凝寒，又能留花，过孟月始盛，名人才士题咏层委，亦可谓不负此花矣！

张镃，字功甫，宋代人。

丰年谣

王　炎

满箔春蚕得茧丝，家家机杼换新衣。

五风十雨天时好，又见西郊稻秫肥。

王炎，婺源人。宋进士中奉大夫，著有《双溪集》。

小楼连苑

周紫芝

黄金双阙横空，望中隐约三山杳。春旂欲降，渚烟收尽，青虹正绕，日到层霄，九枝光满普天照。看海中桃熟，云幡绛节。冉冉度，沧波渺。

遥想建章宫阙，度薰风月寒清晓。红鸾影上，云韶声里，祥辉缥缈。万国朝元，百蛮款塞，太平鸿造。听尧云深处，人人尽祝，后天难老。

周紫芝，字少隐，宣城人，宋右司员外郎。

黄河清

晁端礼

晴景初升风细细，云收天淡如洗。望外凤凰城阙，葱葱佳气，朝罢香烟满袖。侍臣报，天颜有喜。夜来连得封章，奏大河，彻底清泚。

君王寿与山齐，馨香动，上穹频降祥瑞。大乐奏功，六律初调宫徵，合殿薰风乍转。万花覆，千官佩委。中书传诏，恩光遍，九寰瀛里。

晁端礼，字次膺，巨野人，宋大晟府协律郎。

水调歌头（题舫斋）

李昴英

郭外足幽胜，潮入涨溪流。舫斋小小一叶，老子日遨游。管领白苹红蓼，披戴绿蓑青箬，直钓任沉浮。玉缕鲍鱼鲙，雪阵狎河鸥。

个中眠，个中坐，个中讴，个中收拾，诗料觞客个中留。休羡乘槎博望，且听洞箫赤壁，乐处是瀛洲。来往荡双浆，江上一虚舟。

李昴英，字俊明，番禺人，宋吏部侍郎。

苕溪渔隐

胡　仔

贾耘老旧有水阁在苕溪之上，景物晴旷，东坡作守时屡过之，题诗画竹于壁间。沈会宗又为赋小词云：“景物因人成胜概，满目更无尘可碍。等闲帘幕小栏干，衣未解，心先快，明月清风如有待。谁信门前车马隘，别是人间闲世界，坐中无物不清凉。山一带，水一泒，流水白云长自在。”

胡仔，宋代人。

湖山记

孙　觌

鄱阳山水名天下，而龙亭溪最胜。介于德兴、余干二邑之间，众山面内，环拥林立，层峦叠嶂，烟云相连。苍藤翠木，蒙络摇缀，如坐九叠屏，如行五十里步障。而大溪横其前，众水入焉！旁有涌泉，溢溢四出，高有垂溜滦泻而下，奔云溅雪，雷辊雹散，跳波急洑，千态万状。既停既平，循山而行，大者潴为湖，小者聚为潭。井如曳练，如卧白虹。

魏公彦成筑第其上，为门为堂，周以两庑，阁以望与旷，宜有高明朗彻之观。室以处与奥，宜极窈窕幽深之趣。左修梧，右丛桂，藏书之府，舍客之馆，供佛奉道，各有攸宜。然后跨两崖为阁道于重门内，以便往来。开云扃，抗水榭，直栏横槛，文榱鳞瓦。高者出林杪，下者附山趾，花竹映带，隐见参差。每遇胜日，或命车，或杖策，披风松下，待月竹间，观澜石上，行吟坐啸，纵意所如，鸟兽虫鱼之游遨，举熙熙然相忘于物之外，虽桃源之胜不过也。

孙觌，字仲益。宋代人，官至太守。

柳枝词

徐鼎臣

百草千花共待春，绿杨颜色最宜人。
天边雨露年年渥，上苑芳华岁岁新。

徐鼎臣，会稽人，宋左散骑常侍。

山居述事

罗大经

唐子西云："山静似太古，日长如小年。"余家深山之中，每春夏之交，苍苔盈阶，落花满径，门无剥啄，松影参差，禽声上下。午睡初足，旋汲山泉，拾松枝，煮苦茗啜之。随意读《周易》《国风》《左氏传》《离骚》《太史公书》及陶杜诗、韩苏文数篇。

从容步山径，抚松竹，与麛犊共偃息于长林丰草间。坐弄流泉，漱齿濯足。既归竹窗下，则山妻稚子作笋蕨，供麦饭，欣然一饱。弄笔窗门，随大小作数十字。展所藏法帖笔迹画卷纵观之，兴到则吟小诗，或草《玉露》一两段。再烹苦茗一杯。出步溪边，邂逅园翁溪友，问桑麻，说粳稻，量晴校雨，探节数时，相与剧谈一晌。归而倚杖柴门之下，则夕阳在山，紫绿万状，变幻顷刻，恍可人目。牛背笛声，两两来归，而月印前溪矣！

味子西此句，可谓妙绝。然此句妙矣，识其妙者盖少。彼牵黄臂苍，驰猎于声利之场者，但见滚滚马头尘，匆匆驹隙影耳，乌知此句之妙哉！人能真知此妙，则东坡所谓“无事此静坐，一日是两日。若活七十年，便是百四十”。所得不亦(亦原作已)多乎！

罗大经，字景纶，江西吉水人。宋理宗宝庆二年进士，读书乐道，有别业名鹤林。时啸咏其间，所著《鹤林玉露》八卷，行于世。

方寸地说

罗大经

或问："方寸地，何地也？亦有治地之法否乎？"余曰："伟哉问！世之人固有无立锥者，亦有跨都兼邑者。有无贫富相绝也。惟此方寸地，人人有之。敛之，其细无伦。充之，包八荒，备万物，无界限，无方体，甚矣其地之灵也。然此地人人有，而治地之力不人人能施，治地之法不人人能知，故芜秽不治者，有此地而不能治。治而不知其法者，虽治此地亦犹不治。故孔子、孟轲，治地之农师、圃师也。六经、《语》《孟》，治地之《齐民要术》也。良知、良能、恻隐、羞恶、辞让、是非之端，嘉种之诞降者也。博文、约礼，仰观、俯察，求辅仁切偲之功，资直谅多闻之益，培粪灌溉法也。时时习，日日新，暗室屋漏，守之密，视听言动，察之精，封殖长养法也。忿必惩，欲必窒，惰必警，轻必矫，无稽之言必不听。便佞之友必不亲，芟薙耘锄法也。优游而厌饫之，固守而静俟之，不躐等，不凌节，不求闻，不计获，乃宋人之不揠苗，郭橐驼之善种树也。诚如是，则信善而大化，笃实而光辉，通神明，赞化育，乃实颖实粟之时，参天溜雨之日也。治地至此，斯可言善治地矣！道家寸田尺宅之说，养生引年者取之。里谚有‘留方寸地，与子孙耕’之说，种德食报者取之。其言未为无理，要皆堕于一偏。若从孔孟治地之法，则仁者必寿，善者必福。清明之志气如神，厚德之流光浸远。道家里谚之说在其中矣。”

记王梅溪真西山（二诗）

罗大经

王梅溪守泉，会邑宰，勉以诗云：“九重天子爱民深，令尹宜怀恻隐心。今日黄堂一杯酒，使君端为庶民斟。”邑宰皆感动。

真西山帅长沙，宴十二邑宰于湘江亭。作诗曰：“从来官吏与斯民，本是同胞一体亲。既以膏脂供尔禄，须知痛痒切吾身。此邦素号唐朝古，我辈当如汉吏循。今日湘亭一杯酒，更烦散作十分春。”盖祖述梅溪而敷衍之。

菜 说

罗大经

真西山论菜云：“百姓不可一日有此色，士大夫不可一日不知此味。”余谓百姓之有此色，正以士大夫不知此味。若自一命而上至于公卿，皆能甘此味，则必皆知职分之所在矣！百姓安得少饭吃。

黄绵袄

罗大经

何师举云：“雨雪连旬,忽尔开霁。”闾里翁媪相呼贺曰：“黄棉袄子出矣！因作歌以纪之，以日为黄棉袄，名甚新。”但所作歌未甚惬人意，更为一截句曰：“范叔绨袍暖一身，大裘只盖洛阳人（白居易诗：安得大裘长万丈，与君都盖洛阳人）。九州四海黄棉袄，谁似天公赐与均。”

道不在语言文字

罗大经

绘雪者不能绘其清，绘月者不能绘其明，绘花者不能绘其馨，绘泉者不能绘其声，绘人者不能绘其情，然则言语文字固不足以尽道也。

勤有三益

罗大经

余言论勤有三益，盖民生在勤，勤则不匮。一夫不耕，必受其饥，一妇不蚕，必受其寒，是勤可以免饥寒也。农民昼则力作，夜则颓然甘寝，故非心邪念无从而生。鲁公父文伯之母曰："瘠土之民，莫不向义，劳也。"渊明诗曰："田家岂不苦，弗获辞此难。四体诚乃疲，而无他念干。"是勤可以远邪辟也。户枢不蠹，流水不腐，周公论寿必归之无逸，吕成公释之曰："主静则悠远博厚，自强则坚实精明，操存则血气循轨而不乱，收敛则精神内守而不浮。"是勤可以致寿考也。

水调歌头（喜雪）

傅公谋

草草三间屋，爱竹旋添栽，碧纱窗户眼前，都是翠云堆。一月山翁高卧，踏雪水村清冷，木落远山开。唯有平安竹，留得伴寒梅。

家童开门，看有谁来。客来一笑清话，煮茗更传杯，有酒或时无客，有客又还无酒。酒熟且徘徊，明日人间事，天自有安排。

傅公谋，宋宜春人，与罗大经同时。

西　山

刘克庄

极顶遥知有隐君，餐芝种术鹿为群。

多应午灶茶烟起，山下看来是白云。

刘克庄，字潜夫，莆阳人，宋秘阁修撰。

送陈随隐游庐山

黄鹏飞

曾从图画识庐山，山好谁知画亦难。
画好不如诗好读，就烦诗笔画来看。

黄鹏飞，宋代人，见《随隐漫录》。

渔父词（二首）

戴复古

渔父饮，不须钱。
柳枝斜贯锦鳞鲜，
换酒却归船。

渔父醉，钓竿闲。
柳下呼儿稳系船，
高眠风月天。

戴复古，字式之，宋天台人。

涧泉自记

宋　虎

长松怪石去墟落不下一二十里，缘崖涉水于草树间，左右两三家相望，鸡犬之声相闻。竹篱茅舍，燕处其中，兰菊艺之，临水多种梅花。霜月春风，日有余思。儿童婢仆皆布衣草屦，以给薪水，酿春酒而饮之。案无杂书，《庄周》《太玄》(玄原作元)《黄庭》《楞严》《圆觉》数部而已。杖藜蹑履，往来川谷，听流水，看激湍，鉴澄潭，陟危峤，探幽壑，升高峰，可不谓至乐者乎！

宋虎，宋代人，爵里莫考。

鹧鸪天

石孝友

玉烛调元黍律均，迎长嘉节属芳辰。

云如惜雨微牵雪，梅不禁风半漏春。

天意好，物华新，风光宜称赏游身。

太平朝野都无事，且与莺花作主人。

石孝友，字次仲，宋代人，有《金谷遗音集》。

书张道者屋壁

慈　觉

张道者，傍沙溪，屋兰若，草作衣裳茅作舍。活计生涯一物无，免被外人来假借。寅斋午睡乐咍咍，檀越供须都不谢。

张道者，貌古神清不可画，鹤性云情本自然，心无挂碍无恐怕。

张道者，不说禅，不答话，不聚徒，不结社。心似秋潭月一轮，何用声名播天下。

慈觉，宋时僧。

记谦禅师法语

晓　莹

建州开善谦禅师，平居不倦诲人，而形于尺素，尤为曲括。有曰：时光易过，且紧紧做工夫。别无工夫，但放下便是。只将心识上所有的一时放下，此是真正径截工夫。若别有工夫，尽是痴狂外边走。

山僧寻常道：行住坐卧，决定不是。见闻觉知，决定不是。思量分别，决定不是。语言问答，决定不是。试绝却此四个路头看，若不绝，决定不悟。

晓莹，宋时僧，所著有《湘山野录》。

禅本草

僧慧日

禅味甘性凉，安心脏，祛邪气，辟壅滞，通血脉，清神益志。驻颜色，除热恼，去秽浊，善解诸毒，能调众症。药生人间，但有小大皮肉骨髓精粗之异。获其精者为良，故凡圣尊卑悉能疗之，不假修炼炮制，一服脱其烦恼。其功若神，令人长寿。

慧日，宋代庐山僧。

论仁字

真德秀

凡天下至微之物皆有个心，发生皆从此出。缘是禀受之初，皆得天地发生之心以为心，故其心无不能发生者。一物有一心，自心中发出生意，又成无限物。且如莲实之中，有所谓公荷者，便俨然如一根之荷，他物亦莫不如是。故上蔡谢氏论仁，以桃仁、杏仁比之，谓其中有生意，才种便生故也。惟人受中以来，全其天地之理，今为学之要，须要常存此心。平居省察，觉得胸中盎然有慈祥和厚之意，此即所谓本心，即所谓仁也。便当存之、养之，使之不失，则万善皆从此而生。

真德秀，闽人，宋理宗朝宰相，从祀孔庙。

书《感应篇》后

真德秀

世谓感应之言独出于老佛氏，非也。《书》有作善降祥之训，《易》有积善余庆之言，皆此理也。顾尝思之，所谓善者果何事耶？孟子曰："鸡鸣而起，孳孳为善者，舜之徒也。"又曰："存其心，养其性，所以事天也。"夫鸡鸣而起，未与物接，善乌乎施？存心养性，此人事也，于天何与？知乎此，而后知为善之本矣。盖天命之性，赋之于人，本皆至善。自夫汩之以私，乱之以欲，然后反善而之恶尔。心者，所以主乎性者也。吾能兢畏斋栗，如临君父，如对神明，则本心常存，而性不失矣。循性而行，何性非善，是为不负天之所予者，即所以事天也。鸡鸣而起，孳孳为善者，为此而已。苟存乎此，则天下之善皆自此出。虽功被万物，泽及百世，亦举而措之尔。予故曰："此为善之本也。"

长沙劝耕

真德秀

田家拼取一春忙，男力菑畬女课桑。

陇上黄云机上雪，暂时辛苦乐时长。

陈尚书宗召均赠宗族真迹

魏了翁

范文正公尝谓其子弟曰：“吴中宗族，固有亲疏，吾祖先视之，则均是子孙，吾安得不恤其饥寒哉！”又曰：“祖先积德百余年而始发于吾，得至大官。若独享富贵而不恤余族，何颜以入家庙？”每味此语，使人孝敬忠爱之心油油翼翼，不能自已。

魏了翁，号鹤山，宋理宗朝宰相。

四留铭

王伯大

留有余不尽之巧，以还造化。留有余不尽之禄，以还朝廷。留有余不尽之财，以还百姓。留有余不尽之福，以还子孙。因自号为留耕道人。

王伯大，字幼学，福州人，宋嘉定七年进士。淳祐中仕至端明殿学士，同佥书枢密院。

山间明月楼记

吴　澄

龚舜咨居于新淦之远郊，志气卓越。有楼扁曰：“山间明月。”夫万古常峙者，山也。万古常明者，月也。眉山苏子谓，用不竭之无尽藏是矣！又谓：“月之盈虚如彼，则不无疑焉？”月之体，其遡日也常明，而人之目有所不见知。在天有常盈之月，则曰盈曰亏，皆就所见而言尔，曾何损于月哉！若夫春之花月，夏之竹月，秋之桂月，冬之梅月，影淡香清，兴致无极。足以快赏心，供乐事，苏子所谓用不竭者也。龚之主与客试共登楼，对酒浩歌，而以予之所言问诸月。

吴澄，字幼清，崇仁人，宋翰林学士。

垚冈堂记

吴　澄

陈德可宅于临川，其地曰：垚冈。平畴中特起高阜，溪水界之，德可以地名名其堂。予谓垚冈者，积土之高以成也。享有垚冈而常守其富，永保其寿者，如之何？亦曰：不自高而已矣。拟诸易象，三土之垚象坤，山脊之冈象艮，坤上艮下，其卦为谦。谦也者，歉然自卑而不自足也。夫苟歉然自卑而不自足，则惕然戒慎之心生，一毫有违于礼法者不敢肆也。一谦而众理无不该，百事无不善，人所好也，天所福也。尊而光，卑而不可逾者，其在垚冈乎！

雪香亭记

吴　澄

洛阳名园名花之盛，自唐以来常为天下最。杨献卿河南旧族，居后有园，植梅其间，筑台构亭，榜曰：雪香。雪，梅之色也。香，梅之气也。“只言花是雪，不悟有香来。”前之咏梅者云尔。“遥知不是雪，为有暗香来。”后之咏梅者云尔。诗人尝以白雪香咏梨花。梨花能如雪之白，不能与雪同时而白也。深冬凝沍，众木多槁，而梅也傲极阴于方隆，回微阳于最先，魁百卉而得春，冠三友而独葩。色之白，气之清，士之素节特异、芳誉远闻者似之。夫洛阳之人竞爱牡丹，而杨氏之亭独因梅而名，于以见其为清白之家云。

仁寿堂说

吴　澄

仁者寿，天地生物之心曰仁，惟天地之寿最久。圣人之仁如天地，亦惟圣人之寿最久。夫人之全德固未易全，然礼仪三百，威仪三千，无一而非仁者。得其一，亦可谓仁，亦可得寿矣！予尝执此，观天下之人，凡气之温和者寿。质之慈良者寿，量之宽洪者寿，貌之长厚者寿，言之肫悫者寿。盖温和也、慈良也、宽洪也、长厚也、肫悫也，皆仁之一端也。合杨杜翁，年八十有二,一乡称善人，名所居之堂为仁寿。予虽不识翁之面，其必温和者与！慈良者与！宽洪而长厚且肫悫者与！五者有其一，已宜寿，况有其二三四五者乎！今年秋，识翁之子于京师，获见时贤所赠仁寿堂记，于是推仁者寿之理而为之说。

易原以清名字说

吴 澄

天下之清莫如水，先儒以水之清喻性之善，人无有不善之性，则世无有不清之水也。然黄河之水浑浑而流，以至于海，竟莫能清者，何也？请循其初，原者，水之初也。原之初出，曷尝不清哉！出于岩石之地者，莹然湛然，得以全其本然之清。出于泥尘之地者，自其初出而混于其滓，则原虽清而流不能不浊，非水之浊，地则然也。人之性亦犹是，性原于天而赋于人，局于气质之中。人之气质不同，犹地之岩石泥尘有不同也。气质之明粹者，其性自如岩石之水也。气质之昏驳者，性从而变泥尘之水也。泥尘由其地，而原之所自则清，故流虽浊而有清之之道。河之水浊，贮之以器，投之以胶，则泥沉于底，而其水可食。甚浊亦可使之清，况其浊不如河之甚者乎！原之清，天也。流之浊，人也。人者克，则天者复，亦在乎用力以清之尔。庐陵学者易原字以清，为其名与字之说，书以遗之。

明德铭

吴 澄

此心此德，如镜如水。物来毕照，明彻底里。云何或蔽，尘集风起。云何复明，尘去风止。静无挠心，动则察理。明斯昭昭，大用全体。

悔过铭

吴 澄

古之君子，有过则改。不远而复，乃可无悔。既悔而复，亦犹未害。悔而复悔，岌乎危殆。频复之厉，大易有戒。思昔颜子，有过不贰。有一不善，未尝复行。知得一善，拳拳服膺。才知差失，便不更然。歉于己者，不再作焉。悔心之生，良心之萌。当悔之余，惟新是图。知悔之时，不图改之，是乃自弃，小人之归。

印千江月来轩

吴　澄

千江有水无人吸，江里月来何处入。
若浮水外入江来，水浸月轮应解湿。
在天一月在江千，千月还同一月圆。
水中月影元非月，何所从来月在天。

题王氏留春亭（二首）

吴　澄

生香不断气和柔，不在千红百紫稠。
只任园林光景好，一春万古镇长留。

先番物旧后番新，来往无停似转轮。
年去年来年更好，此中日日一般春。

题山水图

吴　澄

远树疏林映晚霞，江阴雁影度平沙。
谁人写我村居景，付与岩前处士家。

题画山水扇

吴　澄

一搦山川掌握中，人间何处不清风。
水边林下千年意，万里扁舟五亩宫。

天谷庵

白玉蟾

半天突出一奇峰，小小茅檐映翠浓。
夹道高松招朗月，满林新竹唤清风。

迎人野鸟间关语，对客岩花烂漫红。

策杖且随流水去，柴门时倩白云封。

白玉蟾，福清人，号武夷散人。

淡 庵

白玉蟾

平生只要乐清虚，占却人间静处居。

古壁空悬三尺剑，幽窗闲置一床书。

远山喜色日初染，高树凉声风自梳。

细嚼清闲滋味别，云霞收拾作粮储。

悦心集 卷三

渔歌子（二首）

完颜璹

杨柳风前素板扉，荷花雨里绿蓑衣。
红稻美，锦鳞肥，渔笛闲拈月下吹。

钓得鱼来卧看书，船头稳置一葫芦。
烟际柳。雨中蒲，好与人间作画图。

完颜璹，字仲宝，金开府仪同三司。

对　镜

完颜璹

镜中色相类吾深，吾面终难镜里寻。
明月印空空受月，是他空月本无心。
明明非浅亦非深，何事人人泥影寻。
照见大千真法体，不关形相不关心。

春 游

赵秉文

烟外丝丝风柳斜，春光已自到天涯。
太平景象村村社，寒食人家处处花。

赵秉文，字周臣，金滏阳人，官历六卿。

雨 后

高汝砺

时雨雨三日，田家家万金。
有年天子庆，爱国老臣心。

高汝砺，字岩甫，应州金城人。金大定中进士，宣宗朝丞相。

题西岩

刘　汲

人爱名与利，我爱水与山。人乐纷而竞，我乐静而闲。所以西岩地，从古少人看。虽看亦不爱，虽赏亦不欢。欣然会予心，卜筑于其间。有石极峭屼，有泉极清寒。流觞与祓禊，终日堪盘桓。此乐为我设，信哉居之安。

刘汲，字伯深，金翰林供奉。

园　居

周　昂

五亩园连竹，三间屋向阳。
气和春浩荡，心静日舒长。
花鸟成相识，琴书渐两忘。
陶然北窗下，吾乐自羲皇。

周昂，字德卿，正定人，金大定初进士。

即　事

赵孟頫

古墨轻磨满几香，研池新浴粲生光。
北窗时有凉风至，闲写黄庭一两章。

赵孟頫，字子昂，宋宗室。元初，翰林承旨，谥文敏。

幽居自适（调行香子四首）

僧明本

水竹之居，吾爱吾庐，石粼粼乱砌阶除。轩窗随意，小巧规模，却也清幽，也潇洒，也宽舒，懒散无拘，此乐何如。俯阑干临水观鱼，风花雪月，赢得工夫，好烧些香，图些画，读些书。

净扫尘埃，护惜苍苔，任门前红绿铺排。景堪图画，趣也奇哉！有数株松，数竿竹，数枝梅，花木栽培，几次教开。明朝事天自安排，知他富贵到几时来？但且优游，且随分，且宽怀。

短短横墙，矮矮疏窗，一方儿小小池塘。高低叠嶂，绿水边旁，也有些风，有时月，有些香，日用家常，竹几藤床。尽眼前水色山光，客来无酒，清话何妨。但细烘茶，净洗盏，滚烧汤。

阆苑瀛洲，人世丹邱，梅花绕屋豁迎眸。夭桃媚柳，丹桂红榴，却也宜春，也宜夏，也宜秋，酒熟堪篘，客至须留。更无荣无辱无忧，退闲一步，着甚来由？但倦时眠，渴时饮，醉时讴。

天目山释明本，字中峰，赵文敏与之友，同院学士冯海粟子振甚轻之。一日，松雪偕中峰访海粟。海粟出所制梅花诗百韵示之，一览，走笔立成，海粟犹未之奇；复作九字梅花歌求和，海粟讽咏再四，遂定交焉。

行香子词（二首）

僧明本

玉殿琼楼，金锁银钩，总不如岩谷清幽。蒲团纸帐，瓦钵磁瓯，却不知春，不知夏，不知秋。万事俱休，名利都勾。罢攀援永绝追求，溪山作伴，云月为俦。但乐清闲，乐自在，乐优游。

松嫩堪餐，竹密须删，息风尘何事相关。心超物外，身处人间。有十分清，十分淡，十分闲。学道非艰，守道多难。结跏趺坐断尘寰，萧条僧舍，寂寞禅关。看几层云，几层水，几层山。

水调歌头

罗　庆

雨晴山泼翠，波净水拖蓝。闲来共陪杖屦，邂逅已成三。齿齿清泉白石，步步碧桃翠竹，是处辄幽探。行到钓台下，奇树荫空潭。

踏芳洲，寻别馆，履巉岩，壶中日月长在，云气满东南。倚得一枝竹杖，唤取山花溪鸟，听我出尘谈。异日再过此，端为解征骖。

罗庆，元代人，爵里莫考。

游览有得

张天锡

张天锡喜游览，曰："吾有所得也。观朝荣，则敬才秀之士。玩芝兰，则爱德行之臣。睹松竹，则思贞操之贤。临清流，则贵廉洁之行。"

张天锡，号梅月，元时人，仕至户部尚书。

荡桨歌记

张山翁

张君寿浪游江湖间，八月十五夜，皎月澄空，水天一色，忽见上流一舟如雀，一老翁荡桨而歌曰："郎提密网截江围，妾把长竿守钓矶。满载鲂鱼都换酒，轻烟细雨又空归。"君寿异之，刺舟欲与语。又歌云："蓼香月白醒时稀，潮去潮来自不知。除却醉眠无一事，东西南北任风吹。"歌罢，飘然而去。

张山翁，字君寿，普州人，景定三年进士。为荆湖宣抚司干官，后隐居黄鹄山，著有《南纪缁林》《藏云山相锄》诸篇。

草　木

叶子奇

草木一根荄之微，而色香、臭味、花实、枝叶无不具于一仁之中。及其再生，一一相肖。此造物所以显诸仁而藏诸用也。

叶子奇，明处州人。

一年歌

唐　寅

一年三百六十日，春夏秋冬各九十。冬寒夏热最难当，寒则如刀热如炙。春三秋九号温和，天气温和风雨多。一年细算良辰少，况且难逢美景何。美景良辰倘遭遇，又有赏心并乐事；不烧高烛照芳樽，也是虚生在人世。古人信有达者哉，劝人秉烛夜游来。春宵一刻千金价，我道千金买不回。

唐寅，字伯虎，一字子畏，吴县人。少有隽才，与京兆祝允明、博士徐祯卿、内翰文徵明友善，举乡试第一。会试礼部，有江阴徐姓倩代草文字，事发被黜，归吴中，纵酒落拓。所著有《六如居士集》。

一世歌

唐　寅

人生七十古来稀，前除幼年后除老。中间光景不多时，又有炎霜与烦恼。过了中秋月不明，过了清明花不好。花前月下且高歌，急须满把金樽倒。世上钱多赚不尽，朝里官多做不了。官大钱多心转忧,落得自家头白早。春夏秋冬捻指间，钟送黄昏鸡报晓。请君细点眼前人，一年一度埋荒草。草里高低多少坟，一年一半无人扫。

花下酌酒歌

唐 寅

九十春光一掷梭，花前酌酒且高歌。枝上花开能几日，世上人生能几何。昨朝花胜今朝好，今朝花落成秋草。花前人是去年身，去年人比今年老。今日花开又一枝，明日来看知是谁。明年今日花开否,今日明年谁共知。天时不测多风雨，人事难量多龃龉。天时人事两不齐，莫把春光付流水。好花虽种不常开，少年易老不重来。人生不向花前醉，花笑人生也是呆。

桃花歌

唐　寅

桃花坞里桃花庵，桃花庵里桃花仙。桃花仙人种桃树，笑折花枝当酒钱。酒醒常在花边坐，酒醉还来花下眠。半醒半醉日复日，花开花落年复年。但愿老死花酒边，不愿鞠躬车马前。车尘马足贵者趣，酒盏花枝贫者缘。若持贵者比贫人，一在平地一在天。若将车马比花酒，他得驰驱我得闲。他人笑我忒疯癫，我笑他人看不穿。不见五陵豪杰墓，无酒无花锄作田。

题渔樵问答图

唐　寅

钓月樵云共白头，也无荣辱也无忧。
相逢话到投机处，山自青青水自流。

醒世词（调对玉环带清江引九首）

唐　寅

乐处酣歌，时光容易过。苦处奔波，早晚偏难度。世界号婆娑，苦乐平分破。珮玉鸣珂，生辰不似他。戴笠披蓑，安闲不羡他。别人骑马我骑骡，更有徒行个。日月疾如梭，天地如旋磨，也非故意相催促。

覆辙翻舟，那个曾回首。大剑长矛，那个曾丢手。无数世间愁，凭着人承受。拜将封侯，是英雄钓钩。按簿持筹，是愚夫枷杻。休题能向死前休，更算千年后。步步使机谋，也要天公凑，行年五十曾参透。

皂帽丝绦，一第犹难料。紫绶绯袍，一品犹嫌小。量尽海波涛，人心难忖着。翠养翎毛，为谁头上好。豕养脂膏，为谁肠内饱。千寻鸟道上云霄，何必多经到。平地好逍遥，高处多颠倒，世人只是回头少。

画栋雕梁，推收纸半张。绿鬓红妆，消除泪几行。此事本寻常，漫说多魔障。百草芬芳，须防秋降霜。万木萎黄，须思春再阳。假如傀儡一登场，多少悲欢状。旁人费忖量，兀自生惆怅，不知刊定传奇上。

南陌东畴，是儿孙马牛；赵舞秦讴，是欢喜冤仇。万事总悠悠，劳生何苦求。一簇眉头，算前又算后。三寸舌头，说强又说丑。饶君一日可千秋，落得多僝僽。青山暗里游，玄（原作元）牝空中守，羲皇一梦君知否。

麇鹿山边，终日防弦箭。鹦鹉檐前，终岁愁猫犬。身在畏途间，顷刻忧机变。恩爱缠绵，多成仇恨缘。涕泪流涟，多因欢喜缘。白驹过隙难留转，何苦又加鞭。灵台一寸间，簇起冰和炭，任教世事如雷闪。

铁锁重关，财宝终须散。玉液金丹，迟速难违限。但放此心宽，万事从天断。不坐蒲团，西方掉臂还。不戴儒冠，南华合眼看。人间苦海黑漫漫，送尽聪明汉。饥来粥与饘，睡要床和簟，此外不须多缱绻。

百瓮黄齑，须了今生事。一缕红丝，须是前生系。人事有推移，总是天安置。智似灵龟，何尝脱死期。巧似蜘蛛，何尝不忍饥。命通若在四更时，夜半犹憔悴。千年荐福碑，九日滕王记，劝君且待时辰至。

尔会使乖，别人也不呆。尔要钱财，前生须带来。我命非我排，自有天公在。时该运该，人来还尔债。时衰运衰，尔被他人卖。尝言作善可消灾，怕没福难担戴。对境且开怀，见怪何须怪，一任桑田变沧海。

又

春去春来，白头空自挨。花落花开，朱颜容易衰。世事等浮埃，光阴如过客。休慕云台，功名安在哉。休想蓬莱，神仙真浪猜。清闲两字钱难买，苦把身拘碍。人生过百年，便是超三界，此外更无别计策。

极品随朝，谁是倪宫保。百万缠腰，谁似桃三老。富贵不坚牢，达人须自晓。兰蕙蓬蒿，看来都是草。鸾凤鸱鸮，算来都是鸟。北邙路儿人怎逃，及早寻欢乐。痛饮百万觞，大唱三千套，无常到来犹恨少。

礼拜弥陀，也难凭信他。惧怕阎罗，也难回避他。枉自苦奔波，回头才是可。口似悬河，也须牢闭呵。手是挥戈，也须牢袖呵。越不聪明反快活，省了闲灾祸。家私那用多，官爵何须大，我笑别人人笑我。

昏鼓晨钟，听得咱耳聋。春燕秋鸿，看得咱眼蒙。犹记做孩童，俄然成老翁。休逞姿容，难逃青镜中。休使英雄，都归黄土中。算来不如闲打哄，枉自把机关弄。跳出面糊盆，打破酸齑瓮，谁是惺惺谁懵懂。

刘南坦以脱粟讽门生

刘　麟

明尚书刘南坦请老家居，有直指使以饮食苛求属吏，有司患之，公曰："此我门生，当晓谕之。"俟其来，留款之曰："老夫欲设席，恐妨公务，家常便饭，能对食乎！"使不敢辞，自朝过午，连进苦茗，饥甚！比食至，惟脱粟饭腐一盂而已。各食三碗，使已过饱。少顷，佳肴美酝罗列盈前，不复下箸，公过强之。对曰："饱甚，不能矣！"公笑曰："可见饮馔原无精粗，饥则易为食，饱则难为味，时势使然耳！"使喻其讽已，后不复以盘飧责人。

刘麟，字元瑞，安仁人。以武功籍隶南京，弘治丙戌进士，除兵部主事，历云南按察使归。嘉靖初，起太仆寺卿，以副都御史巡抚直隶，引疾。再起大理寺卿，终工部尚书，赠太子少保，谥清惠，有《南坦老人集》。

俭约名言

章 懋

贫者入一钱，出不及一钱，虽贫亦富也。富者入千钱，出浮于千钱，虽富必贫也。故强取不如节用。

百日省，一日不省，则一日之失，与百日不省同。百事节，一事不节，则一事之耗，与百事不节同。

章懋，字德懋，兰溪人，成化丙戌进士。入翰林，除编修，历南国子祭酒。嘉靖初，进南礼部尚书，赠太子少保，谥文懿，有《枫山集》。

座右铭

聂大年

短不可护，护则终短。长不可矜，矜则不长。尤人不如尤已，好圆不如好方。用晦则莫与争智，执谦则莫与争强。多言者，老氏所戒。欲讷者，仲尼所臧。妄动有悔，何如静而勿动。太刚则折，曷若柔而勿刚。吾见进而不已者败，未见退而自足者亡。为善斯游君子之域，为恶则入小人之乡。吾侪书绅带以自警，刻盘盂而若伤。惟常存于座右，庶夙夜之不忘。

聂大年，字寿卿，临川人，博学善诗古文。明宣德末以荐授仁和训导，迁教谕。景泰六年，擢翰林，有《冷斋集》。

云局记

杨 慎

点苍山之麓，有玉局观焉！四时有云气带其间，于夏尤著。故状其景曰：玉局夏云。张子九言有书舍在其下，予题之曰：云局精舍。一日坐予于堂，曰："请问学？"予曰："子知夫云乎？知云则知学矣！夫云者为雨乎，雨者为云乎？无云则无以为雨矣！犹之地产植物，花者为实乎？实者为花乎？无花则无以为实也。夫学何以异是。博我以文，约我以礼，无文则何以为礼，无博则何以为约。今之语学者，吾惑焉。厌博而取约，屏文而径礼。曰：'六经吾注脚也，诸子皆糟粕也。'是犹问天曰：'何不径为雨，奚为云之扰扰也。'问地曰：'何不径为实，奚为花之纷纷也。'是在天地不能舍博而径约，况于人乎？云，天之文也。花，地之文也。六经、诸子，人之文也。见天人而合之，斯可以会博约而一之，此学之极也。"张子避席曰："夫子命贯矣！请终身诵之。"

杨慎，号升庵，明正德间翰林院修撰，四川成都人。

为善最乐

杨　慎

书云："民讫自若是多盘。"注云："民之行己尽用善道，是多乐也。"东平王苍曰："为善最乐。"周公曰："心逸日休。"内典云："为善若熟，种种快乐。"亦是此意。

与仲弟书

唐顺之

汝兄在山中，若不能谢遣世缘，澄彻此心，或止游玩山水，笑傲度日，是以有限日期，作无益之费。即与在家何异？汝在家，亦能忍节嗜欲，痛割俗情，振起数十年懒散气习，将精神归并一路，使读书务为心得，则与在山中何异。

唐顺之，字应德，武进人，嘉靖己丑登第，除兵部主事。改吏部，擢翰林编修，右春坊司谏，夺职。以荐起兵部郎中，历佥都御史，巡抚淮扬。天启中，追谥襄文，有《荆川集》。

庆清朝

文徵明

天朗气清，惠风和畅，胜游何似山阴。春光自来堪恋，一刻千金。兰舟初泛，画桥春水一篙深。烟霏处，离离浅草，冉冉遥岑。

且此傍花随柳，柳阴系马，花外啭幽禽。扰扰蜂黏柳絮，蝶绕花心。为问往来车马，何如我啸傲园林。新月上，竹枝风动，环佩清音。

文徵明，字徵仲，长洲人，明翰林院待诏。

本　箴

王锡爵

孝弟为立身之本，忠恕为存心之本，立志为进修之本，读书为起家之本，严肃为正家之本，勤俭为保家之本，寡欲为养身之本，慎言为远害之本，节欲为却病之本，清谨为当官之本，谨厚为待人之本，择友为取益之本，虚心为受教之本，自修为止谤之本，凝重为受福之本，一经为教子之本，积善为裕后之本，方便为处事之本，权宜为应变之本，胆略为任事之本，实胜为得名之本，圣贤以心地为本，君子专力于务本。

王锡爵，字荆石，太仓人。嘉靖壬戌赐进士第二，累官少保兼太子太保、吏部尚书，建极殿大学士，谥文肃。

天仙子

吴子孝

四面山光如泼黛，麦陇连村千万态，海东红日上层霄。
烟叆叆，丛林外，山北高人应我待。
竹绕茅堂长好在，白石清泉仙境界，入门双鹤便相迎。
穿藋艾，寻松桧，阴阴空谷鸣清籁。

吴子孝，字纯叔。长洲人，明湖广参议。

选冠子（春日光禄内直拜敕）

吴子孝

莺语初娇，柳条渐绿，玉殿乍长春昼。风沼云飞，龙楼日暖，风弄御沟波皱；调鼎方和盐梅。欲进高阁，报传清漏，望丹霄万树宫花何处？箫韶正奏。

念谁是供奉多才，挥毫对御。顷刻新诗题就，宝辔玲珑，锦袍灿烂，风月东华领受。运际升平，才非经济，惭愧鸾笺荣绶，但徘徊琼宇瑶阶，稽首君王恩厚。

更斋三壁

张贵胜

事者，闲之反也。人若有事，则此身便不安闲。随尔风雨疾病，不得不奔驰料理。苟能上无公逋，下无私负，和羹淡菜，胜似珍馐，曲肱安寝，赛如高枕。古云："富则多事。"又云："无事为福。"深有味乎斯言。以此一譬，则有事可化为无事，而况本无所事，何幸如之。

病者，健之反也。人若有病，则此躯怎能康健，随尔饮食起居，不由不呼号困顿。苟能四体兼强，五官并适，步履优游，可当车马，举止便利，无异神仙。古云："愁能致病。"又云："病足伤生。"深有会于斯言。以此一譬，则有病可几于无病，而况实无大病，何乐如之！

死者，生之反也。人若至死，则此心更不由我做主，随尔妻孥田宅，锦花世界，不怕不尽行抛撇。苟能色空空色，水月镜花，尘缘不扰，参破迷关，爱根荡涤，扫除障碍。古云："随尔宦情浓，归时带不来。由你生趣重，死时装不去。"深有悟乎斯言。以此一譬，则贪嗔渐断，烦恼灭除，冤既可解，恩亦可释。自然忿争遽息，情欲顿消，不求生而转可生，常忆死而反不死，何快如之！

张贵胜，号晋侯，一字更斋，吴门人。筑室曰尚友山房。闲居自适，所辑《遣愁集》行于世。

与友人书

张贵胜

余以丙寅夏月，抱疴闲居，曾柬友曰："溽暑灼人，大地如炉，病躯当此，如燔似炙。全赖青苹之末，一少浣之，忽得熏风和畅，洗却炎威，顿觉神清骨爽。尤可喜者，家无一客，胸无一事。但见清香绕砌，秋色盈庭，清茶可以解渴，浊酒可以消愁。香不佳而有烟可馨，花不丽而有色可娱。短琴高挂而无弦，残编久束而尘满。四壁萧然，八窗洞开，坐倦无聊，则企脚北牖。忽觉好睡，恁尔烈焰烧天，似不减于清凉台飞雪矣！"少焉月上疏帘，又添出一种幽况，因朗吟袁中郎句云："世情贫自少，岁月病偏多。倚阑看明月，盈盈上石坡。"此实因病得闲之一乐也。

又

甚矣！天不负人也。人可负天哉！假若一年中，食物则按时而生，花卉则应期而发。又他如和风霁月，胜水名山，无不毕备，以供人之玩赏。务须忙里偷闲，苦中寻乐，或小分附宾朋之末，或杖头挈知己之俦，散步遣兴，随寓而安。毋失良辰，有辜佳会。倘居常兀坐，闲极无聊，则听檐前啼鸟数声，亦足当鼓吹四部。抚几上瓶花几种，尤堪寓物外品题。

笔　畴

陈世宝

"信步行将去，从天分付来。"此古人之名言也。然余尝改之曰："顺理行将去，从天分付来。"如此则理正而辞顺，为无弊矣！谓之信步，则有荒唐不检之患，何所不为哉！

陈世宝，明巨鹿人。

三似辨

徐　官

谦者，有而不居之意，而卑屈之可羞者，则谓之谄。俭者，止而不过之意，而鄙啬之可耻者，则谓之吝。英气者，道气所发不容掩者也，而客气则气质之偏而难近者也。英气尚或害事，而况客气乎！是数者，理实相悬，而迹若相似焉者。故有屈节以谀人，则曰："吾尚谦也。"惜财以废礼，则曰："吾尚俭也。"矜己而废物，则曰："英气不可无也。"不有以辨之，则借口圣贤之教，以恣其私者，曷有极哉！

徐官，吴县人。

书屏语

王道焜

人于一日间，或闻一善言，见一善行，行一善事，此日方不虚过。

人一日不知非，则一日安于自是。日日知非，日日改过。则此身为义理再造之身，可以立命。

气象要高旷，不可疏狂。心思要缜密，不可琐屑。趣味要冲淡，不可枯寂。操守要严明，不可激烈。

读书不独能变化气质，且能养人精神，盖义理收摄故也。

收拾身心，渐令向里，处世酬物，自然安稳。

王道焜，明钱塘人。

求志篇

王文禄

有官守者，时时求阜民之利，除民之害，不可须臾放过。盖人心好逸乐而易怠荒，况居官又便于骄纵，必念人之望我者众，而不可不勤。且光景易过，急及时立功，尤恐迟也。

王文禄，明海盐人。

云涛诗评

江盈科

唐伯虎放浪丹青山水间，以此自娱，尝题所画小景云：“不炼金丹不坐禅，不为商贾不耕田。兴来只写溪山卖，不受人间作孽钱。”又题一钓翁画云：“直插渔竿斜系艇，夜深月上当竿顶。老渔酣睡唤不醒，满船霜印荷衣冷。”此等语皆大有天趣。

江盈科，字进之，明进士，官知县。

雪涛闲说

江盈科

蜀中一耆儒，题张果倒跨蹇驴图云："世间多少人，谁似这老汉。不是倒骑驴，凡事回头看。"语虽浅，然其喻世切矣！人心膻慕，非名即利，趋而不已，累及厥躬，然后悔之。其能为回头之果老者几何人哉！

自乐词（调一剪梅四首）

李廷机

小门深巷巧安排，没有尘埃，却有莓苔，自然潇洒胜蓬莱。
山也幽哉，水也幽哉。
东风昨夜送春来，才见梅开，又见桃开，十分相称主人怀。
诗是生涯，酒是生涯。

一生风月且随缘，穷也悠然，达也悠然，日高三丈我犹眠。

不是神仙，谁是神仙。

绿杨深处昼鸣蝉，卷起湘帘，放出炉烟，荷花池馆晚凉天。

正好谈禅，又好谈玄 。

扶与清气属吾曹，莫怪粗豪，莫笑风骚，算来名利也徒劳。

何处为高，闲处为高。

一庭疏竹间芭蕉，风也潇潇，雨也潇潇，木樨香里卧吹箫。

且度今朝，谁管明朝。

于今挥手谢浮生，非不闲争，是不闲争，扁舟湖上放歌行。

渔也知名，牧也知名。

归来风景逼心清，雪满中庭，月满中庭，一炉松火暖腾腾。

看罢医经，又看丹经。

李廷机，字尔张，号九我，晋江人。万历癸未，进士第一。除修撰，累官户部尚书，武英殿大学士，加少傅，赠太傅，谥文恪。

清净斋铭

林　洪

半间屋，六尺地，虽不庄严，却也精致。蒲作团，布作被，日间可坐，夜间可睡。灯一盏，香一炷，石磬数声，木鱼几击。龛尝关，门尝闭，好人放参，恶人回避。发不剃，肉不忌，道人心肠，儒家服制。上无师，下无弟，不传衣钵，不立文字。不参禅，不说偈，但无妄想，亦无妄意。不贪荣，不贪利，无挂碍，无拘系，了清净缘，作解脱计。闲便来，忙便去，省闲非，省闲气。也非庵，也非寺，在家出家，在世出世，即此上乘，即此三昧。日复日，岁复岁，毕我这生，任我后裔。

林洪，闽县人，性恬淡，隐居不仕。

千秋岁（西庄）

顾孔昭

浮瓜雪藕，正值凉生后。江浩荡，山明秀。蝉鸣高树荫，燕蹴晴波皱。书画舫，鼓琴垂钓娱清昼。

门巷渊明柳，老稚欢相候。酒酿熟，鱼烹就。醉迎风入户，吟爱云生岫。新月吐，冰轮又为山人寿。

顾孔昭，明代人，爵里莫考。

画舫约

汪汝谦

偶得木兰一本，斲而为舟，四阅月乃成。计长六丈二尺，广五之一，入门数武，堪贮百壶。次进方丈，足布两席，曲藏斗室，洞供卧吟。侧掩壁厨，俾收笔墨。出转为廊，廊升为台。台上张幔，花晨月夕，如乘彩霞而登碧落。若遇惊飙蹴浪，欹树平桥，则卸栏卷幔，犹然一蜻蜓艇耳！中置家童二三，俾司茶酒。客来斯舟，可以御风，可以永夕。远追先辈之风流，近寓太平之清赏。题曰：不系园。佳名胜事，传异日一段佳话，岂必垒石凿沼，围邱壑而私之曰："我园！我园"也哉！

汪汝谦，明杭州人。

渔歌子

吴　兖

千顷蒹葭一钓翁，家居南浦小桥东。桃花水，鲤鱼风，短笛横吹细雨中。

吴兖，字鲁于，武进人，明举人。

望江南（夜泊汉江口）

张大烈

吟眺处，江雨正霏霏。九叠云华苍巘秀，
一川烟浪白鸥飞，此景十分奇。
吟眺罢，客思正依依。拄杖寻诗双屐履，

扁舟垂钓一蓑衣，此趣几人知。

张大烈，字言冲，明钱塘人，有《诗余类函》。

四时欢

程羽文

春时晨起，课奚奴洒扫护阶苔。禺中取蔷薇露浣手，薰玉蕤香，读赤文绿字书。晌午采笋蕨，供胡麻，汲泉试新茗。午后乘款段马，携斗酒双柑，往听黄鹂。日晡坐柳风前，裂五色笺，集锦囊佳句。薄暮绕径灌花种鱼。

夏时晨起，傍花枝，吸露润肺。禺中披古图画，展法帖临池。晌午脱巾石壁，据匡床，谈齐谐山海。倦则取左宫枕，畅游华胥国。午后刳椰子杯，浮瓜沉李，捣莲花，饮碧芳酒。日晡浴罢硃砂温泉，棹小舟，垂钓于古藤曲水边。薄暮箨冠蒲扇，立层冈，看火云变现。

秋时晨起，下帷检牙签，挹露研朱点校。禺中操琴调鹤，玩金石鼎彝。晌午用莲房洗砚，理茶具，拭梧竹。午后看红树叶落，得句题其上。日晡持蟹螯，酌海川螺，试新酿，弄洞箫数声。薄暮倚柴扉，听樵歌牧唱，焚伴月香壅菊。

冬时晨起，负暄盥栉。禺中置毡褥，市乌薪，会多士，作黑金社。晌午理旧稿，看晷景，移阶濯足。午后向古松阴庢间，敲冰煮建茗。日晡布衣皮帽，问寒梅消息。薄暮围炉促膝，煨芋魁，说上乘妙偈，谈人间至乐。

程羽文，明练江人。

小蓬莱

程羽文

门内有径径欲曲，径转有屏屏欲小，屏进有阶阶欲平，阶畔有花花欲鲜。花外有墙墙欲低，墙内有松松欲古，松底有石石欲怪，石面有亭亭欲朴。亭后有竹竹欲疏，竹尽有室室欲幽，室旁有路路欲分，路合有桥桥欲平。桥边有树树欲高，树荫有草草欲青，草上有渠渠欲细，渠引有泉泉欲瀑。泉去有山山欲深，山下有屋屋欲方，屋角有圃圃欲宽，圃中有鹤鹤欲舞。

山居幽趣

郑　瑄

山深幽境，真趣颇多。当残春初夏之时，步入林峦，松竹交映。遐观远眺，曲径通幽。野花隐隐生香，而气味恬淡，非若檀麝之浓。山禽关关弄舌，而清韵闲雅，非若笙簧之巧。此皆造化机缄，娱目悦心，静赏无厌。时抱焦桐，向松阴石上，抚一二雅调。萧然景会，此身即是画中人物。远听山郭茅屋傍午鸡鸣，伐木丁丁，樵歌相答。经邱寻壑，更出世外几层。此景无竞无争，足力所到，何地非我庐哉！

郑瑄，字汉奉，明代人，官知府。

湖山佳胜

郑　瑄

湖山之佳，无如清晓。春时常乘月至馆，景生残夜，水映岑楼，而翠黛临阶，吹流衣袂，莺声鸟韵，催起哄然。披衣步林中，则曙光薄户，明霞射几。轻风微散，海旭乍来。

见沿堤春草霏霏，明媚如织，远岫朗润出沐。长江浩漭无涯，岚光晴气，舒卷不一，大是奇观。

武夷行

苏　钲

忆到名山二十年，重游风景尚依然。三三秀水清如玉，六六奇峰翠插天。幔亭诸峰总奇绝，信哉天造而地设。兰舟穿破水中云，金鸡叫起山头月。扪萝直上天柱峰，碧嶂丹崖深几重。蜿蜒磅礴郁佳气，闻之古昔多仙踪。游一曲，止止庵中绝尘俗。游二曲，玉女峰高倚云绿。游三曲，三杯石上倾醽醁。游四曲，钓鱼台上依林麓。游五曲，中有文公读书屋。游六曲，仙掌天游胜天竺。游七曲，仿佛桃源入仙谷。游八曲，鼓楼岩洞留云宿。游九曲，一带平川清可掬。青鞋布袜喜追游，一线天中景最幽。几年有约不可到，今日素愿方可酬。

苏钲，明代人，爵里莫考。

清课

费元禄

倚岫带流，枕皋筑舍，席丰草以为裀，纫幽兰而作佩。仰睇飞鸿，俯视泳鳞。寻方外之交，赏邱中之彦。扬扢古今，剧谈稼穑。贝叶编经，桐阴得句。陶琴无弦，桓笛三弄。志愿未为不适也。

费元禄，字无学，明铅山人。

清言

屠隆

楼前桐叶，散为一院清阴。枕上鸟声，唤起半窗红日。一泓濠上，便同庄叟之观。片石林间，堪下米颠之拜。

醇醪百斛，不如一味太和汤。良药千包，不如一服清凉散。

天下无难处之事，只要两个如之何？天下无难处之人，只须三个必自反。

无求于人，寡欲于己，可以养德。淡泊明志，清虚毓神，可以养志。刻苦自励，节用少求，可以养廉。忍不足于前，留有余于后，可以养福。

病从口入，能节饮食，病何从入？祸自口出，能寡言语，祸何从出？

时过无心求富贵，身闲不梦见公卿。

屠隆，字长卿，又字纬真，鄞县人，万历丁丑进士。历官礼部仪制司郎中，所著有《由拳白榆南游》诸集。

消闲清史

屠　隆

三径竹闲，日落淡淡，固野客之良辰。

一编窗下，风雨潇潇，亦幽人之好景。

鄙吝一消，白云亦可赠客。渣滓尽化，明月自来照人。

坐沈红烛，即迩室若有遐思。看遍青山，虽热肠亦多冷意。

山静昼亦夜，山淡春亦秋，山空暖亦寒，山深晴亦雨。

花关曲折，云来不认湾头。草径幽深，叶落但敲门扇。

只愁名字有人闻，涧边青柳。若问清盟谁可托，沙上闲鸥。

午夜无人知处，明月催诗。三春有客来时，香风散酒。

高客流连，花木添清疏之致。幽人剥啄，莓苔生淡冶之容。

雪后寻梅，霜前访菊，雨际护兰，风外听竹，固野客之闲情，实文人之深趣。

红润凝脂花上，才过微雨。翠匀浅黛柳边，乍拂轻风。

问妇索酿，瓮有新笃。呼童煮茶，门临好客。

据床嗒尔，听豪士之谈锋。把盏惺然，看酒人之醉态。

阅人世海阔天空，足半生得闲日月。

见吾性鸢飞鱼跃，竟一笑可老乾坤。

脂粉不来梅帐底，清梦恬然。是非不到草庐中，幽居足矣！

口中不设雌黄，眉端不挂烦恼，可称烟火神仙。

随宜而栽花竹，适性以养禽鱼，此是山林经济。

何以消天上之清风明月，酒盏诗筒。

何以谢人世之覆云翻雨，闭门高枕。

窗中隐见江帆，家在半村半郭。

松下时闻清梵，人称非俗非僧。

登华子冈，月下犬声如豹。游赤壁矶，秋江鹤影如人。

天下奇观，看尽不如书卷好。世间滋味，尝来无过菜根长。

世事无穷，总是江湖浮泡。人生有分，不如花鸟怡情。

自乐辞

屠　隆

蓬门掩兮井径荒，青苔满兮履綦绝。园种邵平之瓜，门栽先生之柳，晓起呼童子，问："山桃落乎，辛夷开未？"手瓮灌花，除去虫丝蛛网。于是不巾不履，坐北窗，披凉风，焚好香，烹苦茗。忽见异鸟，来鸣树间。少倦即竹床藤枕，一觉美睡，萧然无梦，即梦亦不离竹径花坞之旁。醒而起，徐行数十步，则霞光凌乱，月在高梧。妻孥来告，诘朝厨中无米，笑而答之："明日之事有明日在，且无负梧桐月色也。"妇亦颇领此意，相对怡然。

考槃余事

屠　隆

鼓琴偏宜于松风涧响之间，三者皆自然之声，正合类聚。或对轩窗池沼，荷香扑人，或水边林下，清漪芳沚，微风洒然，游鱼出听，此乐何极！

题香祖庵

陈继儒

古人以兰为香祖，余欲结茅亭，四面皆种兰蕙，匾曰：香祖庵。有柱联云：异人常在渔樵里，老鹤多眠兰蕙中。

陈继儒，字仲醇，华亭人。屡征不起，隐居小昆山，自号眉公。与董其昌善，有《眉公集》。

藏异书

陈继儒

余每欲藏万卷异书，袭以异锦，熏以异香，茅屋芦帘，纸窗土壁，而终身布衣，啸咏其中。客笑曰：“果尔，此亦天壤间一异人。”

警世通言

陈继儒

一生都是命安排，求什么！今日不知明日事，愁什么！不礼爹娘礼世尊，敬什么！弟兄姊妹皆同气，争什么！

儿孙自有儿孙福，忧什么！奴仆也是父娘生，凌什么！当官若不行方便，做什么！公门里面好修行，凶什么！

刀笔杀人终自杀，刁什么！举头三尺有神明，欺什么！文章自古无凭据，夸什么！荣华富贵眼前花，傲什么！

他家富贵生前定，妒什么！前世不修今受苦，怨什么！岂可人无得运时，急什么！人世难逢开口笑，苦什么！

补破遮寒暖即休，摆什么！才过三寸成何物，馋什么！死后一文装不去，悭什么！前人田地后人收，占什么！

得便宜处失便宜，贪什么！聪明反被聪明误，巧什么！虚言折尽平生福，讲什么！是非到底自分明，辩什么！

暗里催君骨髓枯，淫什么！嫖赌之人没下梢，耍什么！治家勤俭胜求人，奢什么！人争闲气一场空，恼什么！

恶人自有恶人磨，憎什么！冤冤相报几时休，结什么！

人生何处不相逢，狠什么！世事真如一局棋，算什么！

谁人保得常无事，诮什么！穴在人心不在山，谋什么！欺人是祸饶人福，卜什么！

岩栖幽事

陈继儒

香令人幽，石令人隽，琴令人寂，茶令人爽，竹令人冷，月令人清，棋令人闲，杖令人轻，水令人淡，雪令人旷，剑令人壮，蒲团令人静，花令人韵，金石鼎彝令人古。

格　言

陈继儒

隐不得谈仕者事，老不可干少者事，穷不宜随富者事，愚不必问慧者事，乃吾人受用不尽处。

格　言

陈继儒

过去事已过去了，未来不必预思量。
只今只说只今话，一枕黄粱午梦长。
不会谋生不读书，数竿修竹是吾庐。
近来学得长生诀，卖尽呆呆又卖痴。

隐居词

陈继儒

背山临水，门在松阴里，茅屋数间而已。
土泥墙，窗糊纸，曲床木几，四壁摊书史。
若问主人谁姓，灌园者陈仲子。
不衫不履，短发垂双耳，携得钓竿筐筥。
九寸鲈，一尺鲤，菱香酒美，醉倒芙蓉底。
旁有儿童大笑，唤先生看月起。

悦心集　卷四

安命歌（六首）

赵灿英

安命歌，安命歌，人生有命待如何？也有画栋连云汉，也有蓬门施薜萝。石崇昔日繁华谷，邵子当年安乐窝。他的雕甍强似我，我的幽斋胜似他。安命歌，歌也么歌！（咏居室）

安命歌，安命歌，人生有命待如何？也有贵客飘朱绂，也有田翁披绿蓑。苏秦锦绣千纯有，卜子悬鹑百结多。他的轻裘强似我，我的粗衣胜似他。安命歌，歌也么歌！（咏衣服）

安命歌，安命歌，人生有命待如何？也有筵开玳瑁列，也有尘封釜甑无。何曾下箸千钱少，范子齑盐一味疏。他的珍肴强似我，我的藜羹胜似他。安命歌，歌也么歌！（咏饮食）

安命歌，安命歌，人生有命待如何？也有村汉盈千贯，也有才人没一蚨。陶朱致富花添锦，蒙正挨贫灰拨炉。他的朱提强似我，我的青灯胜似他。安命歌，歌也么歌！（咏钱财）

安命歌，安命歌，人生有命待如何？也有早岁登黄甲，

也有晚年钓碧波。终军射策年方富，梁灏成名鬓已皤。他的春华强似我，我的秋荣胜似他。安命歌，歌也么歌！（咏功名）

安命歌，安命歌，人生有命待如何？也有壮岁生麟趾，也有衰龄产凤雏。燕山丹桂先秋发，合浦明珠老蚌多。他的龙驹强似我，我的宁馨胜似他。安命歌，歌也么歌！（咏子息）

赵灿英，字殿飏，一字恬养，江南武进人。岁贡生，居鉴湖，自号鉴湖钓叟。

书斋遣愠（二首）

赵灿英

著书非是为穷愁，豪旷应偕造物游。落笔漫惊风助阵，抛竿一任月盈舟。午餐动并朝餐膳，夏日常披冬日裘。何幸清贫无俗事，饱观经史乐斋头。

愁境时侵总不愁，何妨物外任遨游。世途成败残枰子，人事高低急水舟。箪食幸无陈蔡厄，缊袍宁却子方裘。营名营利终何益，赢得斑斑白上头。

论白乐天诗

赵灿英

白乐天诗云:“亲故欢娱僮仆饱，始知官爵为他人。”予谓岂惟官爵，凡多积而不善为我用者，徒为他人造孽，于己惟招怨报耳。按白氏《长庆集》题作自感，全诗附录于下：

宴游寝食渐无味，杯酒管弦徒绕身。

宾客欢娱僮仆饱，始知官爵为他人。

知足歌（六首）

冯其源

知足歌，知足歌，栋垣何必要嵯峨！茅屋数椽蔽风雨，颇堪容膝且由他。君不见，世间还有无家者，露处沙眠可奈何？请看破，莫求过，竹篱茅舍心常足，便是神仙安乐窝。（咏居室）

知足歌，知足歌，田园何必苦谋多！只用平畴十数亩，

或禾或菽自耕锄。君不见，世间还有无田者，籽粒艰难可奈何？请看破，莫求过。一犁春雨常知足，身伴闲云挂绿蓑。（咏田产）

知足歌，知足歌，衣裳何必用绫罗！布衣亦足遮身体，破衲胸中寓太和。君不见，世间还有无衣者，霜雪侵肌可奈何？请看破，莫求过。鹑衣百结常知足，胜佩朝臣待漏珂。（咏衣服）

知足歌，知足歌，盘飧何必羡鱼鹅！蔬食菜羹聊适口，欣然一饱便吟哦。君不见，世间还有无粮者，爨冷烟消可奈何？请看破，莫求过。粗茶淡饭常知足，鼓腹遨游仿太和。（咏饮食）

知足歌，知足歌，娶妻何必定娇娥！荆钗裙布知勤俭，黾勉同心乐更多。君不见，世间还有无妻者，独宿孤眠可奈何？请看破，莫求过。妻房丑陋常知足，白首谐欢赛翠娥。（咏妻房）

知足歌，知足歌，养儿何必尽登科！当知有子万事足，虽然顽钝可磋磨。君不见，世间还有无子者，只影单形可奈何？请看破，莫求过。有儿绕膝常知足，切莫劳形作马骡。（咏子息）

冯其源，字公启，善诗歌，自号隐滨散人。

题布袋和尚

冯其源

笑呵呵，呵呵笑，笑世人，笑不了！笑他田地置方圆，笑他房屋嫌低小，笑他饮食羡膏粱，笑他衣服求精好，笑他妻妾恋如花，笑他性命轻如草，笑他名利认真求，笑他贪得生烦恼。不如看破笑呵呵！肚皮藏世界，布袋括山河。日月轮回眼，乾坤自在窝。开口笑时空色相，安心坐下念弥陀。世间真宝贝，此袋尽包罗。紧捏着，不为过，若还宽放些儿也。贫者无人富者多，呵呵复笑笑，笑笑复呵呵！

布袋和尚呵呵笑

你道我终日里笑呵呵！笑着的是谁？我也不笑那过去的骷髅，我也不笑那眼前的蝼蚁。第一笑那牛头的伏羲，你画什么卦，惹是招非，把一个囫囵囵的太极儿弄得粉花碎。我笑那吃草的神农，你尝什么药，无事寻事，把那千万般病根儿都提起。我笑那尧与舜，你让天子。我笑那汤与武，你夺天子。你道没有个旁人儿觑，觑破了这意儿，也不过十字街头小经纪。还有什么龙逄、比干、伊和吕。也有什么巢父、许由、夷与齐。只这般唧唧哝哝的，我也那里工夫笑着你。我笑那李老聃，五千言的道德。我笑那释迦佛，五千卷的文字。干惹得那些道士们去打云锣，和尚们去敲木鱼，生出无穷活计。又笑那孔子的老头儿，你絮絮叨叨，说什么道学文章，也平白地把好些活人都弄死。

住！住！住！还有一笑，我笑那天上的玉皇，地下的阎王，与那古往今来的万万岁。你戴着平天冠，穿着衮龙袍，这俗套儿生出什么好意思，你自去想一想？苦也么苦，痴也么痴。着什么来由？干碌碌大家喧喧嚷嚷的无休息。

去！去！去！这一笑，笑得那天也愁，地也愁，神也愁，鬼也愁，那管他灯笼儿缺了半边的嘴。呵！呵！呵！这一笑，你道是毕竟的笑着谁？罢！罢！罢！说明了，我也不笑那张三李四，我也不笑那七东八西，呀！笑杀了他的咱，却原来就是我的你。

布袋和尚，未详氏族，常寓明州奉化县之岳林寺。蹙额皤腹，以杖荷一布囊，凡供具悉贮囊中。常雪中卧，雪不沾身。天将雨，即着湿草履疾走；天晴，即曳高木屐，竖膝而眠，人以此验天时。梁贞明三年丙子三月，说偈曰："弥勒真弥勒，分身千百亿；时时示时人，时人自不识。"坐石而化，后复现于他州，亦负布袋。四众竞图其像，此词或云寓言，或云即布袋和尚所作，皆无可据。

布袋和尚笑笑歌

和尚不痴又不癫，恁地里这般好笑。莫不是笑太虚氤氲，万古徒纷扰。莫不是笑日月来往，驱驰弄昏晓。莫不是笑人生贤愚贵贱，同是一般老。莫不是笑著书的，将妄言杂语呈啰唣。莫不是笑儒生学者残唇剥舌，费精神千腾万倒。莫不是笑坐禅入定的，那里晓得本来面目这般好。莫不是笑炼药烧丹的，费尽工夫向炉灶。莫不是笑茫茫宇宙总机关，多少英雄磨灭了。真可笑！真可笑！和尚原来识孔窍。且住笑，且住笑，我也借君笑一笑。你朝不歇，夜不歇，笑口笑开三尺阔。世间笑事总然多，何苦劳君笑不竭。越好笑，越好笑，君若笑时我也笑。不须说，不须说，说破机关笑欲歇，万事堪共笑一场，纷纷说话皆饶舌。

咏白发

朱桂英

白发新添数百茎，几番拔尽白还生。
不如不拔由他白，那得工夫与白争。

朱桂英，仁和人，明陕西按察使陈洪范之妾。

翠微山居吟

冲　邈

闲来石土卧长松，百衲袈裟破又缝。
今日不愁明日事，生涯只在水云中。
临溪草草结茅堂，静坐安然一炷香。
不是息心除妄想，都缘无事可商量。
一池荷叶衣无尽，数树松花食有余。

却被世人知住处，更移茅屋作深居。

茅檐静坐千山月，竹户闲栖一片云。

莫送往来名利客，阶前踏破绿苔纹。

冲邈，高僧，隐居翠微山，其年代无可考。

清　言

张一中

宿雨初晴，小溪新涨。泛米家船，载杨子酒。浩歌一声，好风送响。素琴三弄，澹月偏宜。洵为烟水幽人，不作风波险客。

张一中，未知何时人，书传不载。

座右铭

张敬堂

多事为读书第一病，多愁为养生第一病，多言为处世第一病，多智为立心第一病，多费为作家第一病。

张敬堂，时代爵里莫考。

多少箴

无名氏

少饮酒，多饭粥。多茹菜，少食肉。少开口，多闭目。多梳头，少洗浴。少群居，多独宿。多收书，少积玉。少取名，多忍辱。多行善，少干禄。

溶溪杂记(一则)

无名氏

刘文靖教人常以收放心为主，尝语诸子侄曰："吾荣贵已极，寿跻耆耋，此心犹日兢兢不敢放。尔曹生膏粱中，易流侈肆，少弗知检，将损身坏家，可不慎欤！"

清言

无名氏

月到梧桐上，风来杨柳边，大丈夫不可无此襟怀。海阔从鱼跃，天空任鸟飞，大丈夫不可无此度量。珠藏川自媚，玉韫山含辉，大丈夫不可无此蕴藉。玄（玄原作元）酒味方淡，太音声正希，大丈夫不可无此风致。秋月扬明辉，冬岭秀孤松，大丈夫不可无此节操。两仪常在手，万化不关心，大丈夫不可无此作用。

芦居浅语

无名氏

节饮医醉，独宿医淫，衣布医艳，茹蔬医腥，输粮医累，偿逋医羞，训子医老，息讼医仇，慎言医祸，敏事医慵，反求医侮，无辩医谤，安分医贪，卑己医骄，省费医贫，勤学医贱，静坐医烦，清谈医寂，种花医俗，啜茗医睡，弹琴医躁，索句医愁，研理医愚，达观医滞，去非医过，矫性医偏。

雨窗随喜

无名氏

夜者日之余，雨者晴之余，冬者岁之余。当此三余，人事稍与疏阔，吾可一意问学。何也？良宵燕坐，篝灯煮茗，万籁俱寂，疏钟时闻。当此情景，对编简而忘疲，彻衾枕而不御，一乐也。至如风雨蔽途，掩关却扫，绝人往还，图史满前，随兴抽检。潺湲在耳，檐花拂砚。如此幽寂，二乐也。又若空林岁晏，微霰密雪。枯条振风，寒禽号野。一室拥炉，茗香酒熟。陈编讽诵，宛对良友。顾此景象，三乐也。

五言绝句

无名氏

身安茅屋稳，性定菜根香。

世事静方见，人情淡始长。

仿康节先生诗

无名氏

每日清晨一炷香，谢天谢地谢三光。

所求处处田禾熟，惟愿人人寿命长。

国有贤臣安社稷，家无逆子恼爹娘。

四万平静干戈息，我若贫时也不妨。

题严子陵钓台

无名氏

生涯千顷水云宽，舒卷乾坤一钓竿。
梦里偶然伸只脚，渠知天子是何官。

此诗作者姓氏莫考。按《后汉书》，严光，字子陵，余姚人，少与光武同游学。及帝即位，令物色访之。齐国上言，有男子披羊裘钓泽中，帝知为光也。乃备安车玄（玄原作元）𫄸，三聘而后至，车驾即日幸馆。帝曰："咄！咄！子陵，不可相助为理耶？"光曰："昔唐尧著德，巢父洗耳。士固有志，何至相迫乎？"除谏议大夫，不受去，耕富春山，后人名钓处为严陵濑。

绝　句

无名氏

山斋雨过漫焚香，几净窗明竹树凉。
午睡起来无别事，自磨新墨写潇湘。

几叠云山是我家，一笻明月到天涯。

春风恋酒不归去，老却碧桃无限花。

高人自咏

无名氏

茅屋蓬门不用关，书斋散步暂偷闲。

客来自有童儿报，只在山间与水间。

懒视门前长者车，有山堪采水堪渔。

是非不入东风耳，花落花开只读书。

清闲安乐词

无名氏

清清，诗韵琴声。金茎露，玉壶冰。清风水面，皓月天心。芝兰为契合，松柏是同盟。幽馆竹床纸帐，小窗黄卷青灯。

老菊一枝霜后操，寒梅数点雪中真。

闲闲，性逸情宽。倚竹枕，坐蒲团。无些混扰，有甚摧残。功名非我愿，富贵任渠攀。醉卧绿茵一榻，觉来红日三竿。散诞逍遥忘岁月，是非荣辱不相关。

安安，心广体胖。无妄忿，勿迂谈。饮不致醉，食不加餐。步能行稳地，事不用机关。但守百余忍字，全无半点愁烦。寤寐不惊忘嗜欲，何须采药炼金丹。

乐乐，朝耕暮学。处林邱，胜台阁。翠柳黄鹂，青松白鹤。棋子任纵横，觥筹且交错。访风月于濂溪，散襟怀乎伊洛。诗翁琴友不时来，共歌共舞还共酌。

仿康节先生诗

无名氏

万事由天莫强求，何须苦苦用机谋。
饱三餐饭常知足，得一帆风便可收。
生事事生何日了，害人人害几时休。
冤家宜解不宜结，各自回头看后头。

堪叹人心毒似蛇，谁知天眼转如车。
去年妄取东邻物，今日还归西舍家。
无义钱财汤泼雪，倘来田地水推沙。
若将狡猾为生计，恰像朝开暮落花。

老景诗

无名氏

今日残花昨日开，为思年少坐成呆。
一头白发催将去，万两黄金买不回。
有药驻颜都是妄，无绳系日重堪哀。
此情莫向儿曹说，直待儿曹自老来。

咏怀诗（五首）

无名氏

我身原自空中来，我身终向空中回。纵有黄金百千斗，到底丝毫非我有。与其身后求虚名，不若花前醉村酒。凡物有盈必有亏，便是天地也要朽。十二万年如梦里，况乎百岁能有几？君乎君乎听我歌，慎勿平地生风波。

到处为家到处眠，何分朝市与江烟。行行坐坐春风里，弟弟兄兄樽酒边。玉石异形同大地，莺花无语共长天。愿君此际求经济，倏尔唐虞在目前。

茅堂小构东山麓，一榻萧然万虑忘。幽鸟日来非有约，野花不种自生香。隔溪牧笛元声在，度岁田芹真味长。此景愿同天地老，安车休遣到山阳。

欲将舟楫度迷川，讵意迷川万壑连。姑向酒边存混沌，不从纸上觅言诠。我中求我非真我，天外观天自识天。借曰读书须万卷，唐虞曾读几多篇。

不才何幸生同世，也列冠裳江汉东。不抗不随公亦我，能舒能卷我犹公。千松岭上清风外，双柏阶前玉雪中。此际愿言何所似，虚怀端与太虚同。

山居（调行香子二首）

无名氏

地僻无喧，十室幽闲。杜门兀坐，俗事休缠。
安贫乐道，志趣萧然，也不分外，不骄谄，不私偏。
听天由命，守此心田，荣辱事于我何干？
盈庭花卉，满案书篇，尽可消闲，可适意，可图安。

竹篱茅舍，只要心宽。布衣得暖，不破不鲜。
日常时蔬饭三餐，不求金玉贵，但愿子孙贤。
我也不聋，也不哑，也不癫。
看穿世事，成败眼前，且模糊消遣流年。
胸中潇洒，有甚腌臜，但喜时歌，畅时饮，倦时眠。

四时乐景

无名氏

春景融和，切莫闲过，遨游芳草地，玩赏富山坡。宝篆还将一撮烬，瑶台漫把七弦和。

夏热难当，推启书窗，昼引清风入，夜招明月光。一握蒲团才寂静，满盘棋局又仓忙。

秋风萧森，触目关情，雨洒蕉窗细，蛩吟草砌深。折莲顿觉尘心净，对菊频将薄酿倾。

冬日严威，寒逼重帏，推窗观积雪，吹管识飞灰。披裘独拥红炉坐，把盏还邀明月来。

春夏秋冬四季

无名氏

春风花草香，游赏过池塘，踏花归去马蹄忙。邀嘉客，醉壶觞，一曲满庭芳。

初夏正清和，鱼戏动新荷，西湖十里好烟波。银浪里，掷金梭，人唱采莲歌。

秋景入郊墟，简编可卷舒，十年读尽五车书。出白屋，步云衢，潭潭府中居。

冬岭秀孤松，六出舞回风，乌鹊争栖飞上桐。梅影瘦，月朦胧，人在广寒宫。

风花雪月吟（黄莺儿四首）

无名氏

无影又无踪，卷杨花，西复东，江湖常把扁舟送。
飘黄叶舞空，推白云出峰，过园林乱摆花枝动。
吼青松，穿帘入户，银烛影摇红。（咏风）

落尽又重开，逞娇姿妆嫩腮，千红万紫人人爱。
娇滴滴满台，翠嵬嵬满阶，佳人笑倚栏杆外。

解愁怀，王孙公子，斜插帽檐歪。（咏花）

遍地撒琼瑶，舞长空，蝶翅飘，白茫茫占断蓝关道。

银铺小桥，玉妆破窑，望江天满目梨花耀。

翦鹅毛，山童来报，压折老梅梢。（咏雪）

疏影落银河，漾清光，映碧波，玉钩斜挂冰轮堕。

到黄昏望他，到中秋赏他，江湖常伴渔翁卧。

问嫦娥，分明似镜，谁下苦工磨。（咏月）

山居自乐（春夏秋冬四首）

无名氏

爱山居，春色佳。有桃花，与杏花。绿杨深处莺儿骂，天晴草色连云暖，夜静花阴带月斜。兴来时，醉倒在荼蘼下。这是俺山中和气，岂恋他金谷繁华。

爱山居，夏日长。抚苍松，坐翠篁。南风不用蒲葵扇，放开短发迎朝爽，洗涤尘襟纳晚凉。竹方床，一枕清无汗。

这是俺山中潇洒，岂恋他束带矜庄。

爱山居，秋月清。白苹洲，红蓼汀。芳菲黄菊开三径，风前倚石吹长笛，月下焚香抚玉琴。木兰花，坠露朝堪饮。这是俺山中雅淡，岂恋他人世红尘。

爱山居，冬景余。掩柴门，著道书。红炉榾柮煨山芋，开窗积雪千峰白，绕屋梅花几树疏。兴来时，驴背上寻佳句。这是俺山中冷趣，岂恋他车马驰驱。

结交行

无名氏

古人结交惟结心，此心堪比石与金。金石易消心不易，百年契合共于今。今人结交惟结口，往来欢娱等着酒。只因小事失相酬，从此生嗔便分手。

嗟乎！大丈夫贪财忘义非吾徒，陈雷管鲍莫再得。结交轻薄不如无。水底鱼，天边雁，高可射兮低可钓。万丈深潭终有底，只有人心不可料。虎孰不堪骑，人心隔肚皮。休将心腹事，说与结交知。自后无情日，反成大是非。

村居足歌

无名氏

村居足，村居足，富贵荣华心不欲。

茅檐草舍土墙垣，瓦盂木勺酸齑粥。

不堆金，不积玉，瓶常剩得粮和粟。

乘车骑马便癫狂，扶犁牵犊无拘束。

诗也吟，书也读，言谈举动自不俗。

聪明伶俐惹非灾，蠢汉愚痴享平福。

莫操戈，莫调曲，市井狂人笑我浊。

纯良村叟少更移，虚浮伪士多反覆。

厌华堂，喜茅屋，布衾草席无裀褥。

春来无事约邻翁，幽窗镇日敲棋局。

篱笋透，杨花扑，双双语燕梁间宿。

又添杜宇啭乔林，频听莺声啼晓谷。

子孙勤，农务熟，高种棉花低种谷。

密密桑，森森竹，蓝靛红花齐簇簇。

交加千本树头青，参差数亩秧针绿。

泥腌蛋，火熏肉，虾米干鱼堪过伏。
芒鞋蒲扇葛巾披，清溪柳荫频频浴。
暑气消，金风逐，月下敲砧声断续。
老妻勤俭会持家，无争无竞常和睦。
碧树头，云满目，耳畔丁丁风戛木。
桂花落尽菊花开，豆曲收罢禾苗熟。
命儿孙，遣童仆，整顿牵拢干晒谷。
汝等切莫惮勤劳，早办皇家粮数斛。
避风处，朝阳谷，山松斫来多积蓄。
终朝无可却寒威，热汤暖酝壮心腹。
残岁尽，新年续，岭畔梅花将破玉。
野童过节自追欢，山翁增寿人称福。
布衣安，胜锦服，清平何必沾王禄。
妻贤子孝一身闲，雨顺风调万事足。

田家乐歌

无名氏

田家快乐没嗟吁，数椽茅屋尽安居。春养花蚕供衣服，冬舂白米有赢余。田家快乐真不俗，沉醉高歌自鼓腹。门前鸡犬乱纷纷，地上桑麻花碌碌。虽无柏叶珍珠酒，也有清醪三五斗。虽无猪羊大荤肴，也有鱼虾堪适口。虽无圆眼与荔枝，也有荸荠共菱藕。虽无异供好菜蔬，也有乌菘并嫩韭。虽无歌唱美女娘，也有村姬伴相守。米自舂，酒自做。纺棉花，织大布。不愿小小贫，不愿大大富。没头船，尽可渡。牛自有，不须雇。且吃荤，莫吃素。黄脚鸡，锅里煮。添些盐，用些醋。煨芋艿，煎豆腐，沉沉吃到日将暮。深缸汤，软草铺，且留一宿到明朝，这般快活真千古。

醒世歌

无名氏

南来北往走西东，看得浮生总是空。天也空，地也空，人生杳杳在其中。日也空，月也空，来来往往有何功。田也空，地也空，换了多少主人翁。金也空，银也空，死后何曾在手中。妻也空，子也空，黄泉路上不相逢。大藏经中空是色，般若经中色是空。朝走西来暮走东，人生恰是采花蜂。采得百花成蜜后，到头辛苦一场空。夜深听得三更鼓，翻身不觉五更钟。从头仔细思量看，便是南柯一梦中。

养心歌

无名氏

得岁月，延岁月。得欢悦，且欢悦。万事乘除总在天，何必愁肠千万结。放心宽，莫胆窄，古今兴废如眉列。金谷繁华眼底尘，淮阴事业锋头血。陶潜篱畔菊花黄，范蠡湖边芦絮白。临潼会上胆气雄，丹阳县里箫声绝。时来顽铁有光辉，运退良金无艳色。逍遥且学圣贤心，到此方知滋味别。粗衣淡饭足家常，养得浮生一世拙。

知足箴

无名氏

人生尽受福，人苦不知足。思量事累苦，闲着便是福。思量疾厄苦，无病便是福。思量患难苦，平安便是福。思量死来苦，活着便是福。也不必高官禄厚，也不必堆金积玉。看起来一日三餐，有许多自然之福。我劝世间人，不可不知足。

戒贪花酒歌

无名氏

戒汝休贪酒与花，才贪花酒便亡家。只因酒引花心动，自是花迷酒性斜。酒后看花情不厌，花前酌酒兴无涯。酒残花谢黄金尽，花不留人酒不赊。

不知足诗

无名氏

终日奔波只为饥，才方一饱便思衣。衣食两般皆具足，又想娇容美貌妻。娶得美妻生下子，恨无田地少根基。买得田园多广阔，出入无船少马骑。槽头结了骡和马，叹无官职被人欺。县丞主簿还嫌小，又要朝中挂紫衣。若要世人心里足，除是南柯一梦回。

大梦词（下山虎带峦神合一首）

无名氏

孤衾独拥，睡思转浓，梦见登科第，圣恩优宠。霎时间官居极品，父母褒封。锦衣归故里，拜瞻邱陇。须臾惊醒，依然纸帐枕焦桐，只有窗外残蟾挂古松。世人碌碌，都在梦中，也梦为寒士，也梦做庄农，也梦陶朱富，也梦范丹穷，也梦见文章显达，也梦见商贾经营，也梦见位登台鼎，也梦见职掌元戎。悲欢与离合，寿夭与穷通，到头来都付与喔喔晨鸡，汪汪晓钟。方信道父母与夫妻，儿孙和弟兄，也都是梦里来相共。纵然衣紫与腰金，出拥花骢，也都是南柯一梦成何用。和着二乔八红，鱼水同连理，也都是梦绕巫山十二峰。

急忙忙，西复东。乱丛丛，辱与荣。虚飘飘，一齐化作五更风，百年浑被梦牢笼。梦醒人何在？只落得后来做梦的话遗踪。贤愚大梦古今同，说什么来仪凤，说什么入云龙，说什么三王业，说什么五霸功，说什么苏秦口辩，说什么项羽英雄。醒眼看，都是些醉汉扶筇。我这里却睡魔驱卧虫，灵光炯炯，睁开巨眼运双瞳。看破了本来面，看破了自在容。看破了红尘滚滚，看破了世态匆匆。看破了鬼神机妙，看破了天地始终。只见到五蕴皆空，一性纵横，这其间方免得人笑道咱在梦中说梦。大家都在黄粱梦，难道是我这里惺惺他懵懂。必须凿破乾坤缝，方信区区夺化工。

归隐歌

无名氏

归来未晚，两扇门儿虽设常关。无萦无绊，直睡到晓日三竿。情知广寒无桂攀，倒不如向绿野桥边学种兰。凭人笑，贫似丹，黄金难买此身闲。村庄下，一味懒，清风明月不须钱。

携筇傍水边，叹人生反复一似波澜。不贪不爱，只守着暗中流年。齑盐岁月，一日吃两餐。茅舍疏篱三四间，田园少，心地宽，平生不会皱眉端。居颜巷，人到罕，闭门终日枕书眠。

叹人生，总成虚幻，又何须苦自熬煎。今朝快乐今朝限，明日事自有天管。无心老翁，一任蓬松两鬓斑，直吃到绿酒床头磁瓮干。妻随唱，子戏斑，弟酬兄劝共团栾。兴和废，长和短，梅花窗外冷相看。

叹目前机关汉，声色臭味任他瞒，长笑一声天地宽。

杂录古今名言

自足以当富，不役役以当贵，无辱以当荣，无灾以当福，无事以当仙。只如此以为过分，更如何方谓称心。

人能受一命荣，窃升斗禄，便当谓足于功名。敝裘短褐，粝食菜羹，便当谓足于衣食。竹篱茅舍，圭窦绳枢，便当谓足于居处。藤杖芒鞋，蹇驴短棹，便当谓足于游行。有山可采，有水可渔，便当谓足于田园。笔砚精良，琴书静雅，便当谓足于珍宝。门无剥啄，心有余闲，便当谓足于荣华。布衾六尺，高枕三竿，便当谓足于安享。看花酌酒，对月当歌，便当谓足于欢娱。礼义悦心，诗书充腹，便当谓足于丰赡。

闲居事业与达官无异，观圣贤书如对君父，观史如观公案，观小说如观优伶，观诗如听歌曲。

修竹名香，清福已具。如无福者定生他想，若有福者佐以读书。

焚香、试茶、洗砚、鼓琴、校书、候月、听雨、浇花、高卧、勘方、缓行、负暄、钓鱼、对画、漱泉、支杖、礼佛、尝酒、宴坐、翻经、看山、临帖、倚竹，皆一人独享之乐。

清闲一日，便受用一日。奔忙一日，便虚度一日。

月影穿阶，雪片飞帘，此光景不可不赏。瓶花窈窕，盆石精莹，此品物不可不畜。松径巉岩，竹坞幽爽，此境界不可不游。活火烹茗，淡水炊羹，此风味不可不识。韵士谈诗，名人讲道，此侪侣不可不接。林村鸟唤，野疃鹿奔，此品汇不可不谐。古籍展几，奇书寓笔，此工夫不可不尽。

室中有十客。瓶花，韵客。焦桐，谈客。剑，侠客。石，隽客。砚，方正客。香臭，味客。铁如意，禅客。竹，雅客。枕，直率客。茶，清客。置我于其中作主人。

咏寒暑晦明，可作时令记。咏山川郡国，可作风土谣。咏穷通离合，可作逸史。咏百物变态，可作鸟兽虫鱼疏。

勤俭名言

入其家闻读书声、纺织声，俱是兴隆气象。

富不在他求，惟使天无遗时，地无遗利，人无遗力耳！

按：后一则系诸铁闾语，铁闾爵里，无集可考。

杂录格言

凡亲友有欲言不言之意，此必有不得已事欲求我而难于启齿者，便当揣其意而先问之，力所能为，不可推诿。

见人有得意事，便当生欢喜心。见人有失意事，便当生怜悯心。忌人之成，乐人之败，何损于人，何益于己，徒自坏心术耳！

进一步想，有此则失彼，缺东而补西，时刻过去不得。退一步想，只吃这碗饭，只穿这件衣，俯仰宽然有余。一时劝人以口，百世劝人以书。盖口之劝人有尽，书之劝人无尽，此立言之所以不朽也。

处富贵之地，要知贫贱的痛痒。当少壮之时，须念衰老的辛酸。

知足便足，待足何时足。偷闲便闲，求闲何日闲。

以爱妻子之心事亲则孝，以保富贵之心事君则忠，以责人之心责己则寡过，以恕己之心恕人则全交。

珍惜五谷

五谷天赐，乃养命之源也。人能珍惜五谷，得免饥寒业报。

集　句

东望望春春可怜，江篱漠漠荇田田。
绕篱野菜飞黄蝶，糁径杨花铺白毡。

云近蓬莱长五色，鹤归华表已多年。
梦回明月生南浦，泪血染成红杜鹃。

万紫千红总是春，登临一度渴思君。
舞低杨柳楼心月，香沁梨花梦里云。

风景苍苍多少恨，阴虫切切不堪闻。
思君今夜肠应断，书破羊欣白练裙。

零落残魂倍黯然，一身憔悴对花眠。
南园绿草飞蝴蝶，落日深山哭杜鹃。

天若有情天亦老，月如无恨月常圆。
此声肠断非今日，风景依稀似往年。

旅馆寒窗夜不眠，湘波冷浸一枝莲。
何时最是思君处，月落乌啼霜满天。

按传称：朝云，钱塘人。苏轼纳为侍姬，及贬惠州，携之岭外，数年而逝。窆于西禅寺松林下，后人因建书屋数椽，环植梅茶百株，游人常憩息焉！洪武间，一士人踏月过此，忽睹一倩妆女子，前有侍婢持灯先导。士窃随之，倏不见，惟见月映长廊，字迹淋漓满壁。士谛视得集句十数首，盖仙灵之贻芳也。

林英引年致仕

林英引年致仕，身如壮者。或问何术致此？对曰："但生平不会烦恼，明日无饭吃亦不忧。事至则遣之，适然不留胸中。"

按：林英，不知何时人，其为仕无功绩表见，故史传未之载。

录占梦书（一则）

宋主有疾，梦河中水干。谓："君乃龙象，无水则死。恐不能活矣！"卜之，宰辅曰："河无水是可字，陛下之疾其痊可矣。"主悦，果即愈。

捷　悟

解学士缙侍文皇，尝谓曰："有一书句甚难其对。曰：色难。"解即应曰："容易。"文皇不省曰："即云易矣，何久不对？"解答曰："臣适已对矣！"上始悟，不觉大笑！

解缙，字大绅，吉水人，洪武戊辰进士，试中书庶吉士。永乐初，擢侍读学士，直文渊阁，预机务，晋翰林学士，出为广西参政。幼博学，动辄万言，名动天下。

尧舜至今尚在

昔有一名僧，被召见驾，叩首呼万岁。上曰:“人生百年且不可得，何云万岁?”僧曰:“尧舜至今尚在。”上大悦。一日同御便殿，复问曰:“京师有多少人?”僧云:“只有两个人。”上曰:“何谓?”僧曰:“一个为名，一个为利。”上点头称善。

悦心集　卷五

秋潭月藻

圆明居士　辑

十方三际，不动道场。穷诸玄辩，若一毫置于太虚。竭世枢机，似一滴投于巨壑。失其旨，甘露乃蒺藜之园。得之心，伊兰作栴檀之料。

六尘皆是真宗，万法无非实相。云雾净时天体现，识情尽处本心明。青青修竹尽佛身，点点苍苔皆般若。春至花开，秋来落叶。千江有水千江月，万里无云万里天。

入本住之道场，证无为之妙智。冲开碧落松千尺，截断红尘水一溪。海阔从鱼跃，天空任鸟飞。得初而即得末，犹圆珠无间隔之方。了一而便了余，似海滴总江湖之味。

寒则普天寒，热则普天热。嫩柳条条绿，桃花树树红。如随色之牟尼，似应声之虚谷。揽草无非妙叶，执砾尽成真金。

似鸟飞空，何东何西而不空。如鱼在水，何顺何逆而非水。惺惺不昧，了了无亏。廓彻虚空，谁分彼此。圆通法界，岂别纤毫。一雨无私，群木自分甘苦。太虚绝量，众器各现方圆。大地无偏，荣枯自异。

犀因玩月纹生角，象被雷惊花入牙。毫毛之端，现出金身。琉璃之内，含纳宝月。柳絮随风，葵花向日。松排山面千重翠，月点波心一颗珠。

心遍一切处，一切处遍心。理因事显，事假理融。无边而不中，无小而不大。一轮明月照，万影碧潭空。

东涧水流西涧水，南山云起北山云。前台花发后台见，上界钟声下界闻。万别千差，靡非清虚之性。尊卑高下，难出平等之津。俱号毗卢遮那，同居常寂光土。

截琼枝寸寸是玉，析栴檀片片皆香。证了惟心，空有双泯。不坏空而常有，染净之法，宛然不碍。有而常空，一真之道如尔。

风为花笑语，云作石衣裳。水底七星十四点，江心孤雁一双飞。竹影扫阶尘不起，月穿潭底水无痕。白鹭下田千点雪，黄鹂上树一枝花。杜鹃枝上杜鹃啼，蝴蝶梦中蝴蝶舞。菡萏花开菩萨面，芭蕉叶现夜叉身。东谷笑言西谷响，上方云雨下方晴。类秋江万影交罗，状寒室千灯互映。自心转变不动，而远近俄分；一念包容无碍，而大小相入。

若了虚空，方达真实。外无可知，内无可守。莫向言中取则，直须句下明宗。若朗月之冠众星，若妙高之趣群岫。心行处灭，言语道泯。悟寂无寂，真知无知。以知寂不二之一心，契空有双融之中道。

一堂风冷淡，千古月分明。太湖三万六千顷，月在波心说向谁。雪覆孤峰峰不白，雨滴石笋笋不生。万古碧潭空界月，再三捞摝始应知。藏身处里没踪迹，没踪迹处莫藏身。来从何处来，去向何方去。来来实无方，来雁过长天。去去实无处，去影沉寒水。始从芳草去，又逐落花回。须将大海来，注取大海去。无情水任方圆器，不系舟随去住风。

梦宅虚无，化源寂灭。太虚作室，夜月为灯。无明树头，觉华顿发。入苦海内，一味恒清。以虚空心，现真实相。住忘忧馆，成快活人。

闲为水竹云山主，静得风花雪月权。一池荷叶衣无尽，满地松花食有余。梧叶落已知秋到，葭灰飞便觉春回。雁字排空，写出一天秋思。莺梭穿柳，织成三月春光。柳窥白日，堤边翠影满娑。梅笑清风，云外暗香浮动。花开碧岫山妆面，月映寒潭水画眉。非异非同，盈刹而坦然平现。不大不小，遍空而法尔圆成。

草木有真香，轩窗无俗韵。高阁清香生静境，夜堂疏磬发禅心。月到上方诸品静，心持半偈万缘空。

引泉通绝涧，放鹤入孤云。晨香常自在，夜磬满山闻。山钟夜渡空江水，汀月寒生古石楼。月明两岸芦花白，古渡无人不系船。

卷帘见天地之心，对水得江湖之性。一纵一横，彻见万家春象。一收一放，悉彰大地风光。眼空海岳尘中小，心与乾坤分外宽。情田锄蔓草，心月印澄江。是非一以遣，动静百无妨。

智慧之果，秋结无漏之林。净妙之花，春发总持之苑。水鸟时时谈妙义，山花处处演真常。听风柯而正念成，饱香饭而三昧显。庭前古柏穿云秀，溪后泉声入海流。分明宣祖意，何处有凡心。

无边刹海，自他不隔于毫端。十世古今，始终不离于当念。常照常现，遍界遍空。无作无为，非石非木。但寻芳草绿，莫问白云深。当下无心，立彻本法。

虚空有相，法性无身。结水为冰，释冰成水。如流依水，如火传薪。续续无知，新新不滞。

乾坤大聚落，今古小朝昏。十方世界，擎在掌中。四海波澜，摄归毛孔。只手接四天之雨，藕丝悬须弥之山。一尘起而翳天，一芥堕而覆地。空中生树，火里栽莲。解则十方一心中，迷则方寸千里外。

故知演广非多，标略非一。口藏空传十二部，心台照耀百千灯。若是将心比心，何异以指喻指。无旨外之文可执，无文外之旨可尊。前灯后灯，谁起谁作。观指非知月，忘筌是得鱼。营求岂了义，执著背真宗。

一片白云横谷口，几多归鸟尽迷巢。若有证有知，则慧日沉沦于有地。若无照无悟，则昏云掩蔽于空门。诸佛不证，涅槃门悟时无得。异生非堕，三涂地迷处全空。不见一法可断，无解脱所出之门。不见一法可成，无菩提能入之地。分外不加毫末事，意中常满十分春。更随流水去，每趁白云飞。云起动兼静，水流忙更闲。野色更无山隔断，天光直与水相通。性智圆融，事理交彻。空华三界，如风卷烟。幻影六尘，犹汤沃雪。须知诸相皆非相，若住无余却有余。

满室清光满几月，一溪流水一溪云。天共白云晓，水和明月流。万绿丛中藏不得，清风影里露全身。示真实珠，倾秘密藏。藏非藏，珠非珠，无云生岭上，有月落波心。念念证真，尘尘合体。一心法界，法界一心。被大乘衣而坐正觉床，饮菩提浆而餐甘露味。但显金色之世界，唯开薝卜之园林。不生心内心外之歧思，不起有情无情之妄解。

今夜一轮满，清光何处无。荫法云于六合，扬慧日于九天。舒卷太清之云，浮沉秋潭之月。了生灭之因缘，破自他之根本。戒珠心地印，云霞体上衣。如上数句非数句，莫道无言与有言。不作野干鸣，岂为师子吼。若然若然，如是如是。